身代わり花嫁は命を賭して

主君に捧ぐ忍びの花

英　志雨

23930

角川ビーンズ文庫

CONTENTS

身代わり花嫁は命を賭して
主君に捧ぐ忍びの花
人物紹介
東《ひがし》堂《どう》園《その》悠《はる》臣《おみ》
冷酷無慈悲と悪名高い軍人。その実態は帝国陸軍情報局所属のスパイ
依《い》都《と》
忍びの末裔の少女。主君・美緒の身代わりで、借金の形として東堂園家に嫁ぐことになった

有栖川《ありすがわ》美緒《みお》

有栖川伯爵家の
一人娘。
依都が仕える
主君

高柳《たかやなぎ》昌也《まさや》

美緒の伯父。
多額の借金を
したまま
失踪した

柏木《かしわぎ》

悠臣の使用人

東堂園《ひがしどうその》聡子《さとこ》

悠臣の養母

武笠《ぶりゅう》千華子《ちかこ》

武笠公爵家の
一人娘。
舞踏会で
依都と出会う

早乙女《さおとめ》

情報局所属。
悠臣の副官

Q

軍需品将校。
スパイグッズを
開発している

藤典宮《ふじつかさのみや》鷹英《たかひで》

近衛騎兵隊の
大隊長。
傍系皇族

マリア・ベルナール

スパイ容疑が
かかっている人物

トウヤ

???

本文イラスト／漣　ミサ

Pre Mission

嫁入り

命は有効に使いなさい。今日お前がこんなくだらないことで死んでしまってはご先祖様に顔向けができない。だからようく反省するんだぞ。

わたしが無鉄砲《むてっぽう》をするたびに、爺様《じいさま》は口を酸《す》っぱくしてそんなことを何度も言い聞かせた。というのもわたしは六つのときに両親を亡《な》くしたが、その両親はたいそう立派な命の使い方をして誉《ほま》れある死を迎《むか》えたらしい。だから余計に、向こう見ずなわたしのことが爺様は心配でならないらしかった。

しかしもう大丈夫《だいじょうぶ》だよと、あの世の爺様に向かって胸を張ってみる。

わたしはちゃんと、この命の使い道を決めたのだ。

最期《さいご》まで主君に、身命を賭《と》すと。

平伏《へいふく》し、深々と頭《こうべ》を垂れる。はらりと黒髪《くろかみ》が一房《ひとふさ》、背から頬《ほお》を伝う。こすりつけた鼻先に上質な藺草《いぐさ》の香《かお》りが漂《ただよ》った。太陽を焦《こ》がしたような香《こう》ばしい匂《にお》い。大好きな匂いだが、そんなことをこの麗人《れいじん》に言えばすぐさま田舎《いなか》者だと鼻で笑われるのだろう。

「顔をあげよ、花嫁殿《はなよめどの》」

冷ややかな声がわたしを呼んだ。死刑《しけい》宣告の時間である。

大丈夫。わたしの命の使い道は、とっくのとうに決めたのだ。

「……はい」

顔をあげて最初に見たのは、この世のものとは思えないほどに麗《うるわ》しすぎる美丈夫《びじょうふ》だった。

黒というよりは墨色《すみいろ》の柔《やわ》らかそうな髪。色素の薄《うす》い灰色の瞳《ひとみ》は、その虹彩《こうさい》にやんわりと碧《みどり》をたたえる。異国情緒《じょうちょ》のある顔だが、それが驚《おどろ》くほどしっくりと収まっている。帝国《ていこく》陸軍の軍服がその面立《おもだ》ちによく映《は》えた。

いや、軍服が似あうのはあの双眸《そうぼう》のせいだろうか。今にも射殺さんとする冷徹《れいてつ》な瞳は、人のそれではない。まるで夜叉《やしゃ》だ。物怪《もののけ》から生まれた子——夜叉子《やしゃご》と恐《おそ》れられる冷血漢はじとりとわたしを睨《にら》みつけた。

ほんの少しの緊張《きんちょう》と恐怖《きょうふ》。それが名乗る声をわずかに震《ふる》えさせる。

「有栖《ありす》川伯爵《がわはくしゃく》家より参りました。美緒《みお》にございます」

「東堂園悠臣《ひがしどうぞのはるおみ》だ」

男は帝都で一、二を争う大富豪《だいふごう》であり、冷酷無慈悲《れいこくむじひ》と恐れられる帝国陸軍人であり……

今日からわたしの旦那《だんな》様になる人だった。

だん！　という鈍《にぶ》い音がした。悠臣が着物の袖《そで》を踏《ふ》んでいた。わたしの頭上に影《かげ》が落ち、思わず顔をあげてそれを見た。

ぞくりと背筋を震わせるような双眸がこちらを見おろしていた。それはもはや殺気だった。花嫁に向ける類《たぐ》いの視線ではない。逆光の中で鋭《するど》く光る眼差《まなざ》しはすべてを拒絶《きょぜつ》しているようで、何か邪《よこしま》なものを抱《いだ》けば瞬時《しゅんじ》に殺してしまえるような。冷徹というよりは誰《だれ》にも何にも執着《しゅうちゃく》を示すことのない、感情を持たない者の目で。

「俺が怖《こわ》いか」

正直、怖くないと言えば嘘《うそ》になる。

それでも、悔《くや》しいから答えてなんかやらなかった。

悠臣は小さく舌打ちし、

「これからよろしく頼《たの》む、花嫁殿」

口とは裏腹によろしくするつもりなんてまったくなさそうな雰囲気《ふんいき》で言ってのけて部屋をでていった。

わたしは頭をさげたままそれを見送り――内心でくすりと笑ってみせる。

(ばれてない……わたしの勝ち)

騙《だま》しきってやった。その事実が恐怖と緊張を反転させ、ひやりとさせられたぶんだけ誰にも捕《つか》まらないという自信に変わる。

一人になった部屋で窓枠《まどわく》に足をかけると、最後に嫁入り道具で満たされた室内を振《ふ》り返った。

(ばいばい、わたしの旦那様)

もう二度と会うことはないだろうけれど。

悠臣に別れを告げて庭園へと飛び降りた。部屋は二階。赤い曼珠沙華《まんじゅしゃげ》の花嫁衣装《いしょう》を翻《ひるがえ》し、着地と同時に走りだす。

立ちはだかるのは、青灰色に沈《しず》んだ夜の帝都の翳《かげ》りだけ。しかしそれはほんの少しだけ、悠臣の瞳に似ている気がした——。


その怒鳴《どな》り声を聞いたのは、あと少しで屋敷《やしき》を抜《ぬ》けだせるというときだった。

「有栖川美緒を渡《わた》せ! さもなくば殺す!」

え、わたし? ——思わず一度立ち止まり、声のしたほうを振り返る。

二人の男が日本刀を構え、悠臣と対峙《たいじ》する姿が月明かりに照らされた。

どくりと心臓が脈を打つ。

悠臣は丸腰《まるごし》だ。いくら軍人といえどもお坊《ぼっ》ちゃんが素手《すで》で立ち向かえるとは思えない。

(助ける?)

一瞬よぎった考えを、しかしすぐに否定した。

助けてしまってはばれてしまう。だから逃《に》げなければ。

言い聞かせて踵《きびす》を返したとき、視界の端《はし》が赤く染まった。

悠臣の肩《かた》から血が噴《ふ》きだしていた。浅い——が、隙《すき》を生むには十分だ。傷を押さえてよろめくと、敵はすかさず一歩踏み込んだ。

「覚悟《かくご》！」

強い殺気が噴きあがった。高く掲《かか》げられた刀身が悠臣の顔へと影を落として。

「まだここで死ぬわけには」

ぽつりと悠臣が呟《つぶや》いた瞬間、気づけばわたしは駆《か》けだしていた。

襲撃者《しゅうげきしゃ》とのあいだに割って入る。悠臣をかばって。

「なっ……」

瞠目《どうもく》する悠臣。しかしもう止まらなかった。

懐剣《かいけん》を抜き日本刀の切っ先を横に薙《な》ぐと、半身をひねって男の後頭部に柄《つか》を叩《たた》き込む。

「こいつ、有栖川美緒だっ」

背後から声がした。もう一人の男がいつの間にか回り込んでいる。

「捕まえ」

飛びかかってきて抱きつき、勝利を確信したようににやりと笑い。

「た——あ？」

腕《うで》の中に収まっている丸太を見て、男はきょとんと立ち尽《つ》くした。

ごんっ。背後から後頭部をひと突《つ》き。どさりと崩《くず》れ落ちる男の姿を見届けて。

首筋にひやりと冷たいものを感じたのはそのときだった。

「っ……!?」

悠臣がわたしを羽《は》交《が》い締《じ》めにして、首にナイフを押し当てていた。

殺気を、一切《いっさい》感じなかった。予備動作もまったくない。

そのうえ丸太《身代わり》にも騙されなかっただなんて……この男、いったい何者なの？

（というかこの人、自力で解決できたんじゃっ）

気づいたときにはもう遅《おそ》い。悠臣は猜疑心《さいぎしん》をたっぷりと孕《はら》んだ瞳でわたしを見つめ、息が止まるほどにひどく険を帯びた声音《こわね》で問うた。

「お前、何者だ。有栖川美緒ではないな？」

ばれた。一気に血の気が引いていく。

伯爵令嬢《れいじょう》ではない自分なんて、警察に突きだされるか、女に騙されたという醜聞《しゅうぶん》をもみ消すために殺されたって仕方がない。

（いや、わたしは身命を賭すと……命の使い道を決めたじゃないか）

殺すなら殺せばいい。本望《ほんもう》だ。

覚悟を決め、ぎゅっと目を閉じたときだった。

「いや、誰であっても構わない」

耳元でくすりと笑う声がして、拍子抜《ひょうしぬ》けして肩越《ご》しに振り返った。

悠臣が——夜叉子と噂《うわさ》され、絶賛ナイフを突きつけ中の冷酷軍人が、自らの行動をまったく顧《かえり》みることもなく。

「お前、俺の嫁になれ」

「…………はい？」

愛《いと》しい者へと向けるような瞳をして、前代未聞《ぜんだいみもん》の求婚《きゅうこん》をした。

しかしそのときのわたしはといえば、この状況《じょうきょう》にもかかわらずに惚《ほう》けてしまって——息をするのも忘れていた。

なぜならば二度目の求婚は……今度こそ本気だと、わかってしまったから。

Mission1
身代わりとなって主君を助けよ

どうしてこんなことになったのだろう。

おそらくことの始まりは一ヶ月前。

有栖川家当主、恒夫《つねお》が亡《な》くなったことに遡《さかのぼ》る——。


雑木林に仕掛《しか》けていた鳴子が反応を示し、がらがらと音を立てて獲物《えもの》の侵入《しんにゅう》をこちらに知らせた。音がした方向に目を向けると、黒い影《かげ》が木立に逃げ込み紅葉《もみじ》が大きく揺《ゆ》れ動く。

(逃がすか、今日の晩ご飯!)

小袖《こそで》の裾《すそ》をたくしあげ、地面を蹴《け》って高々と跳躍《ちょうやく》。音もなく枝に飛び移り、のんきに毛繕《づくろ》いを始めた鴨《かも》へとにじり寄って。

「依都《いと》?」

足もとから声がかかった途端《とたん》、枝に留まっていた鴨がこちらに振り向き今にも飛びかかろうとしていた依都と目があった。一拍《いっぱく》の空白があってから、夕食になどなってたまるかという調子で「ぐええっ」と鳴き大空へととんずらする。

「あ、こら待て今日の晩ご飯っ！」

「あらごめんなさい。鴨がいたのね」

「いえ、まあ……仕方ないです」

鴨の飛んでいった空を往生際《おうじようぎわ》悪く眺《なが》めながら依都が地面へと飛び降りると、声の主も人力車から降りてきた。

今朝まで降っていた雨のせいで地面はぬかるんでいたが、編みあげ革靴《かわぐつ》を履《は》く彼女には関係がない。矢絣《やがすり》お召《めし》の着物に海老茶色《えびちやいろ》の行灯袴《あんどんばかま》、髪《かみ》の上部分だけを結《ゆ》いあげるという女学生定番の格好をした彼女は、有栖川伯爵《はくしやく》家の一人娘《むすめ》・美緒——依都がお仕えする女主人である。今日は蒸気機関車で帝都《ていと》まで買いだしに行っていたはずだ。

美緒がにこりと微笑《ほほえ》んだので、依都はぶうたれた顔のまま駆け寄った。

「久しぶりに肉を食べていただきたかったのに」

「ふふ、優《やさ》しいのね依都は。でも危ないことをしたらだめよ」

「このくらい、なんてことないです」

口では仕方ないと言いつつもふてくされて答えると、むんずと頬《ほお》を両手で挟《はさ》まれて美緒のほうを向かされた。

「危ないことはしない。もうわたしたち二人だけなんだから。置いていったら怒《おこ》るわよ」

「う……」

先日、美緒の父が他界した。依都の唯一《ゆいいつ》の身内である爺様《じいさま》も一年前に亡くなっており、あまり裕福《ゆうふく》ではない有栖川家には他《ほか》に使用人もいないので今や女二人だけだ。食費もかつかつなので肉を食べたければこうして捕《つか》まえたほうが都合がいいのだが、目に涙《なみだ》をたたえてそんなことを言われた日には、

「はい」

と、大人しく答えることしか依都にはできない。

「依都ちゃん、怪我《けが》はないかい⁉」

と、かなり遅《おく》れてうわずった声が後方から響《ひび》いた。振《ふ》り向くと人力車から落っこちるようにして降りてくる青年がいる。絣《かすり》の着物に丸襟《まるえり》のスタンドカラーシャツをあわせ、短めの袴をあわせた書生風の青年だ。手には画布を張った大ぶりの木枠《きわく》を抱《かか》えている。一歩進むたびに袈裟《けさ》掛《が》けにした布鞄《ぬのかばん》がぱかぱかと跳《は》ね、閉まりきっていない口から絵筆やら塗料《とりょう》瓶《びん》やらがわらわらと落ちる。

「おっといけない」

拾おうとして今度は木枠を落っことし、さらにそれを拾おうとして今度は下駄《げた》が脱《ぬ》げ落ちて。

つるん、と。ぬかるんだ地面に顔面から飛び込んだ。

「誠一《せいいち》さん！」

美緒の叫《さけ》び声で身体《からだ》が動いた。誠一と呼ばれた青年が地面に顔をこすりつける寸前、飛びついて依都はその身体を抱《だ》き留めた。学生帽《がくせいぼう》だけがぽとりと落ちて。

呆然《ぼうぜん》とする誠一に向かい、依都は溜《た》め息交じりに問いかけた。

「怪我はありませんか、誠一様」

「それ、僕が言ったやつ……」

「ぷっ」

たまらず美緒が吹《ふ》きだした。

「あはは、誠一さんたら。依都に一本とられてるわよ」

「うう……依都ちゃんを心配したつもりだったのに」

などと嘆《なげ》きながら誠一が体勢を立て直し、学生帽やら絵の具やらを拾いはじめる。情けないと依都は呆《あき》れるばかりだが、その姿を見つめる美緒は嬉《うれ》しそうだ。

誠一は画家志望の貧乏《びんぼう》書生であり……近々美緒と結婚《けっこん》することになっている人だ。

「美緒様は誠一様のどこが好きなんですか？」

「え？　それはね」

くすくすと笑う美緒に訊《たず》ねたとき、視界の外からすっと手が伸《の》びてきた。絵の具まみれのお世辞にも綺麗《きれい》とは言えない手だった。それが真っ白なハンカチを摑《つか》んで依都の頰を優しく撫《な》でる。誠一がいつの間にかそばにいて心配そうにこちらを見ていた。

「泥《どろ》が撥《は》ねているよ。ごめんね、僕のせいで」

そう言う誠一のほうが田んぼに突っ込んだのかと思うほどに泥にまみれていたのだが、そんなことは一切《いっさい》気にした風もなく依都の頬に跳《と》んだ一滴《ひとしずく》の泥を丁寧《ていねい》に丁寧に拭《ぬぐ》っている。

「こういうところ」

「……成る程《ほど》」

自分よりも他人を優先してしまう誠一のお人好《よ》しさは、美緒を任せるには不安しかないと依都は思うのだが。

「誠一さんも泥まみれよ」

「うわ、気づかなかった」

そんな誠一を見て誇《ほこ》らしそうに笑う美緒を見ていると、まあ自分が二人ぶんの世話を焼けばいい話だな……と思い直してしまう。

十歳で母親を亡くし、十七歳で父とも死別してしまった依都の主人がようやく幸せになれるのなら、いくらでも骨を折ろうと心に決めていた。

それこそ、美緒《主君》のためにこの命を使おうと誓《ちか》うほどに。

「ほら帰りますよ、美緒様」

「はあい」

溜め息をついて二人の世界に入り込んでいる主人をせかす。人力車夫に別れを告げると三人は並んで帰路についた。

有栖川家が暮らすのは、帝都から蒸気機関車で一時間ほど走ったところにある農村だった。

御一新《ごいっしん》以降この国にも西洋文化が流れ込んできたが、都市部からの距離《きょり》が開くにつれてその歩みは遅《おそ》くなり、このあたりはまだ田畑や無垢《むく》の山が連なるのどかな風景が広がっている。帝都では各家庭に水道というものが設置され、ガスなるもので火を熾《おこ》せるそうだが、有栖川家は依然《いぜん》として井戸《いど》から水をくみ、かまどで煮炊《にた》きをする生活だ。

学校帰りと思われる子どもたちが駄菓子《だがし》店の前にたむろして、煎餅《せんべい》や飴《あめ》を買い食いしたり買ったばかりのめんこで遊んだりしている。ハンドルのついた四輪スケーターで目抜《めぬ》き通りを走り抜けた子どもは十字路で大八車と鉢合《はちあ》わせ、奇跡《きせき》的なバランスで積みあがっていた荷物がばらばらと崩《くず》れ落ちた。すかさず背負子《しょいこ》を抱えた薬売りが飛んできて、親はどこにいる、この傷にはこの薬だと子ども相手に商売を始めた。

夕飯の時間が近づくにつれて活気が増していくなじみの景色を眺めながら、依都は行ったことのない帝都について想像してみた。

きっと大八車は二倍くらいの大きさになって大十六車とか呼ばれているだろうし、スケーターは電気か蒸気機関を搭載《とうさい》して自動で走るに違《ちが》いない。

振り売りの鮮魚商が一行の脇《わき》を通り抜け、後ろ髪を引かれて依都は振り返った。

「あの秋刀魚《さんま》おいしそう……」

手持ちの風呂敷《ふろしき》の中を覗《のぞ》く。鴨の調達に失敗したので中身は味気ない山菜ばかりである。一つくらい動物性たんぱく質が欲しいところだが長旅前なので無駄遣《むだづか》いはできない。やはりここは一つ、川にでも入って調達を——。

「お魚を食べたいのなら買って帰りましょうか？　秋の川は冷たいわよ」

依都の考えを見透《みす》かしたように美緒が言い、振り売りを呼び止めようとする。

「だ、だめですよ。異国までの船賃がいくらすると思ってるんですか。向こうでの生活費だって必要だし」

「大丈夫《だいじょうぶ》よ。船の切符《きっぷ》は今日買えたし、誠一さんは奨学生《しょうがくせい》として招かれるのよ。才能もあるしすぐに向こうで絵が売れるわ。ねえ、誠一さん」

「うん。大船に乗ったつもりでいていいよ」

「楽観的すぎますよ。有栖川家は貧乏なんですから節約できるところはしておかないと」

「依都はしっかりしてるわねぇ」

「本当だねぇ」

「……これだから箱入り令嬢《れいじょう》と新進気鋭《きえい》の画家センセイは……」

などと言いつつも幸せそうな二人を見ていると文句も尻《しり》すぼみになってしまう。

跡取《あとと》り息子《むすこ》のいない有栖川家が存続するためには三年以内に養子を取って家督《かとく》を継《つ》がせなければならないのだが、財産もない没落華族《ぼつらくかぞく》が無理をする必要はないとして、美緒の父は家を畳《たた》むようにと遺言《ゆいごん》した。

そこでようやく美緒は決心をして、かねてより恋仲《こいなか》であった誠一と結婚をし、手放した財産で外国へと留学することにしたのだ。

もともと美緒の父は結婚に反対などしていなかったのだが、先祖への申し訳なさからずっと美緒は結婚をためらっており、そばで見ていた依都のほうがやきもきしていた。

六歳のとき、爺様《じいさま》と路頭に迷っていたところを美緒が拾ってくれなければ今頃《いまごろ》依都は野垂れ死んでいたはずなので、このまま美緒には幸せになって欲しいと切に願っている。

そのためであればたとえ火の中水の中、森の中にだって分け入って肉を取っ捕《つか》まえる所存である（肉を食べることだけが幸せではないが）。

「まあなんにせよ、依都ちゃんは育ち盛《ざか》りなんだから無理は禁物だよ」

「そのとおりよ。こんなに痩《や》せっぽっちだと異国では子ども扱《あつか》いされてしまって、いつまでもいい人が見つからないわ」

「いいんです、わたしは。生涯《しょうがい》美緒様にお仕えするんですから」

依都は今年で十六歳になった。女性らしい身体つきの美緒とは違《ちが》ってかなり貧相――もとい華奢《きゃしゃ》な体軀《たいく》をしている。外での作業も多いため髪《かみ》は日に焼けて赤らんでおり、いっそのこと短くしてモガを決め込もうとしたのだが、男の子に間違われるからやめなさいと美容師に止められてしまった。

異国には依都も行くことになっており、そうなると必然的に依都の結婚相手は異国の人……と美緒たちは考えているらしいが、結婚する気もないので貧相な点については問題ないと思っている。村の爺様婆様《じいさまばあさま》からは愛嬌《あいきょう》があると言われているし。

「ということで……はい、お土産《みやげ》のあんぱん」

「あんぱん！」

前言撤回《てっかい》。節約云々《うんぬん》と講釈《こうしゃく》をたれたことを棚《たな》にあげ、依都は口いっぱいにあんぱんを頬《ほお》張《ば》った。甘いあんと桜の塩加減が絶妙《ぜつみょう》でついつい顔がほころんでしまう。

(異国って、いったいどんなところかなあ)

夢中であんぱんにかじりつきながら、なんとなく思いを馳《は》せてみる。

帝都《ていと》すら行ったことのない依都には想像もつかない場所だった。帝都では西洋建築が溢《あふ》れかえり、夜にはアーク灯が煌々《こうこう》と輝《かがや》くと聞いているが異国もそんなところだろうか。

ふと、道の先にある藪《やぶ》がわずかに動いた気がした。

「……？」

市街地を抜けて、屋敷《やしき》近くの田舎道《いなかみち》にさしかかっていた。足を止めて藪を睨《にら》んだ依都に対して、美緒は気にもとめずに先を歩く。

がさ、と藪から何かが飛びだした。

猪《いのしし》だった。

「ひっ――」

あとずさりした美緒が小石に蹴躓《けつまず》いて尻餅《しりもち》をついた。「みおっ」と誠一が駆《か》け寄るが彼もまた腰《こし》を抜かしてしまい助け起こせない。へたり込んだままの二人に気づいた猪が狙《ねら》いを定めて。

「ぶひいいいい」

けたたましい鳴き声をあげ、猪突猛進《ちょとつもうしん》の四字熟語を裏切らない勢いで突進した。

咄嗟《とっさ》に依都は前にでる。標的を依都に変更《へんこう》した猪は全身を使って渾身《こんしん》の突《つ》きを叩《たた》き込み。

どんっ……。

「きゃああ――」

美緒の悲鳴、顔を背《そむ》ける誠一、依都を撥《は》ね飛ばそうと鼻を突きあげる猪。

飛んだ。丸太が。

「――あああ……あ？」

美緒の悲鳴が疑問符《ぎもんふ》へとかわる。猪も呆然《ぼうぜん》と空飛ぶ丸太を見あげている。

「御免《ごめん》」

猪が丸太に気を取られている一瞬《いっしゅん》の隙《すき》。背後に回り込んでその首にクナイを突き刺《さ》した。

白目をむいて倒《たお》れる猪。依都はそれを受け止めて、

「忍法、身代わりの術。悪いわね、騙《だま》し討《う》ちなんて真似《まね》をして」

見開かれた両眼の瞼《まぶた》をそっとおろしてから、美緒と誠一に向き直った。

「ということで、今日の晩ご飯は猪汁《ししじる》にしましょう」

「さすが依都……忍《しの》びの末裔《まつえい》は伊達《だて》じゃないわね」

感嘆《かんたん》する美緒に向けて、依都は苦笑《くしょう》を返した。

依都は忍びの末裔だった。六歳のとき、一族はとある任務の達成と引き換《か》えに全滅《ぜんめつ》してしまい、爺様と彷徨《さまよ》っていたところを美緒に保護されたのだ。

それ以来、依都は美緒を主君と仰《あお》ぎお仕えしている。

(異国にも猪がいたらいいけど)

仕留めた獲物《えもの》を運びながら――。

このときはまだ、今日のようなささやかな幸せがいつまでも続くのだと思っていた。

家に帰ると、戸の前で見知らぬ男が待っていた。

美緒が客間へと案内し、依都と誠一はふすまの向こうで二人のやりとりに耳を澄《す》ます。

男は帝都で一、二を争う大富豪《だいふごう》、東堂園家の代理人だと名乗ってから――たった一言で依都たちの平穏《へいおん》を壊《こわ》してみせた。

「お父様が、東堂園家に借金を……!?」

「正確には、あなたの母の兄、高柳昌也《たかやなぎまさや》氏が多額の借金をしたまま失踪《しっそう》。連帯保証人だったお父様に支《し》払《はら》い義務が移ったのですが、ある条件のもとに東堂園家が立て替《か》えたのでございます」

そんな話、寝耳《ねみみ》に水だった。依都は使用人ではあるものの美緒とは姉妹同然に育ってきた。だから高柳の伯父《おじ》にも会ったことはあるが、借金をするほど困っているようには見えなかったのに……。

「その、条件とは……？」

美緒が問う。依都も息を呑《の》んで答えを待った。

「それは嫁取《よめと》り。美緒様を、我が東堂園家のご子息、悠臣様の花嫁にとの条件です」

「っ……。それは、つまり、」

美緒は最後まで言わなかった。しかし依都にもすぐにわかった。

美緒は買われたのだ。借金の形《かた》として。

「借金は、いかほど」

「しめて三万円ほど」

「さん……っ」

裏返った声をあげて美緒が畳《たたみ》に崩《くず》れ落ちる音がした。

美緒の驚《おどろ》きも当然である。確か尋常《じんじよう》小学校の先生が初任給は五十円くらいだと言っていた。その六百倍の金額。没落華族である有栖川家に払えるわけがなかった。下手《へた》をしたらそこいらの小作人のほうがいい暮らしをしているというのに……。

価値があるとすれば、伯爵《はくしやく》という名ばかりの家柄《いえがら》のみ。おそらく、そこに東堂園家は目をつけた。

いくら資産があろうとも排他《はいた》的な華族連中は家柄を重んじる。華族と縁戚《えんせき》にないというだけで商談の席を用意されなかったり、社交の場に招待されなかったりするのだ。資産はあれども商家出の彼らにしてみれば今回の縁談は安い買い物だったのだろう。

代理人が帰ったあと、依都と誠一は部屋に入った。美緒は顔もあげずにすすり泣いている。

わかっているのだ。有栖川家にはこの縁談を断れないと。だから誠一もかける言葉を失って、ただ美緒の肩《かた》を抱《だ》くことしかできない。

……しかし依都ならば、たった一つだけ二人を救う術《すべ》を持つ。

覚悟《かくご》を決めて、依都は二人の前に膝《ひざ》をついた。

「美緒様、わたしが身代わりになります。だからどうか、二人でお逃《に》げください」

依都の作戦――それは美緒の身代わりになることだった。

途端《とたん》に美緒は顔をあげ、泣きはらした目で依都を睨んだ。

「何を言うの！　そんなことをしては依都がどんな目にあうかっ」

「わかっています」

「いいえ、わかっていないわ。あの東堂園悠臣という男がどういう人物なのか」

世情に疎《うと》い依都を諭《さと》すように、美緒はいかに悠臣が恐《おそ》ろしいかを列挙していった。

陸軍士官学校時代には、その腕《うで》っ節の強さからバラガキ――茨《いばら》のように触《ふ》れると怪我《けが》をする危険な人物として恐れられていたこと。

そのバラガキっぷりは入隊後も衰《おとろ》えず、齢《よわい》二十二の若さで近衛《このえ》騎《き》兵《へい》連隊の中隊長に任ぜられたこと。

また異国で育った悠臣が東堂園家に引き取られてからというもの、かの家では不幸が相次いでおり、悠臣の異国風の顔立ちとも相まって、

「悠臣は夜叉《やしゃ》の子ではないかと噂《うわさ》されているのよ。家督《かとく》を乗っ取るために家族を呪《のろ》い殺しているのでは、と」

「そんなまさかあ……」

依都は呪いというものをあまり信じてはいない。ははと笑い飛ばそうとして、しかし美緒があまりにも真剣《しんけん》な顔をしていたので笑いが引っ込んだ。そこまで言われるとなんだ

か怖《こわ》くなってくる。

「ひ、引き取られたということは、悠臣様はもとから東堂園家の方ではないのですか？」

気休めに話題を変えてみる。美緒は大きく頷《うなず》いた。

「妾腹《しょうふく》の子だと聞いたわ。異国で暮らしていたけれど母君を戦争で亡《な》くされて、十六歳のときに東堂園家の養子になったそうよ」

ということは、東堂園家での悠臣の立場はあまり芳《かんば》しくないのかもしれない。

「なんですかそれ。伯爵令嬢《れいじょう》をそんな人の嫁にしろと？　有栖川家を馬鹿《ばか》にするにもほどがあります。どうせ立場も悪いから嫁の来手がないのでしょう。ますます美緒様を嫁《とつ》がせるわけにはいかなくなりました」

憤怒《ふんぬ》する依都。しかし美緒は変わらず悲痛な声をあげた。

「でも、ばれてしまったら依都の命が危ないわ！」

「それこそ美緒様はわかってない。わたしを誰《だれ》だと思ってるんですか？」

一つ咳払《せきばら》いをして、安心させるように依都はほんの少し口調を和《やわ》らげた。

「わたしは忍びの末裔。身代わりとなって東堂園悠臣を騙すなんて朝飯前です。美緒様だってご存じでしょう？」

「それは……」

依都は美緒と誠一の手を取って、二人の手を握《にぎ》りあわせると自分の手でも包み込んだ。

この手を守れるのなら、それは依都の幸せでもあるのだ。

にんまりと笑って、その手に額をこすりつけると語りかけた。

「大丈夫《だいじょうぶ》です、ちゃんと頃《ころ》あいを見て逃げだしますから。だからどうか心配しないで、わたしにあなたたちを守らせてください。この命を二人のために使わせてください。それこそが忍びの、わたしの本懐《ほんかい》なんですから……」


……。

身代わりを申しでたのはつい数日前の出来事だったが、どっぷりと疲《つか》れてしまった今となっては遠い昔のことにも思える。

美緒は今朝、異国行きの船に乗って旅立っていった。まさか国外にいるとは夢にも思わないだろうから、今更偽者《いまさらにせもの》と知ったところで本物にたどり着けるわけはない。

依都は捕《つか》まってしまったが美緒の安泰《あんたい》は守りきったので、試合には負けて勝負には勝ったというところか……いや逆か？

「で、結局お前は何者なんだ」

上の空だった依都の耳に冷たい声が突《つ》き刺《さ》さった。

依都は再び、挨拶《あいさつ》をした部屋へと連行――通されていた。正座をして向かいあい、品定めするような悠臣の視線を浴びている。先ほどはあんなに愛《いと》おしげだったのに、今や見る影《かげ》もなく仏頂面《ぶっちょうづら》に戻《もど》っている。

いや、どちらかというと呆《あき》れているのだろうか。この状況《じょうきょう》で明後日《あさって》の方向に意識が飛んでいる依都に対して。

「少々護身術が得意で――」

「馬鹿言うな。あれは完全に忍刀《にんとう》を前提とした剣術《けんじゅつ》だった。お前、忍《しの》びなのか」

「……わかっていて訊《き》くの、ずるくないですか」

忍刀は日本刀と違《ちが》って反りが少なく、また全体的な長さも短くなっている。潜入《せんにゅう》任務の多い忍びが狭《せま》いところでも戦いやすく、それでいて殺傷能力や間あいを十分に取れるように計算された武器だ。その形状ゆえに斬《き》るというよりは突き刺すことに長《た》けており、依都が襲撃者《しゅうげきしゃ》の後頭部を柄《つか》で突いたのもまさにそういった理由からだった。

「つまりお前は、有栖川家に仕える忍びということだな？」

「…………はい」

ばれてしまっては仕方がない。潔《いさぎよ》く認めると悠臣が目を見開いた。

「忍びなんて旧時代的なものがまだ生き残っていたんだな」

旧時代的で悪かったわね。依都はぶすっと口を尖《とが》らせた。

そもそもこの男こそいったい何者なのか。坊《ぼっ》ちゃんと侮《あなど》り油断していたことは認めるが、忍びの背後を取ったうえにナイフまで突きつけられるだなんて。どうせまぐれだろうが納得《なっとく》はいかない。

「あなたこそ何者なの？」

声を低くして依都は訊《たず》ねる。改めて見た悠臣の顔は端整《たんせい》で、しかしそのせいで作り物のような印象を受けた。青灰色の瞳《ひとみ》からは体温が感じられず、無機物のような冷たさを覚える。白い肌《はだ》には青筋ばった血管が浮《う》かんでいて、この人には青い血が流れているに違いないと思った。

「当ててみろ」

綺麗《きれい》な顔を不均等に歪《ゆが》めてにやりと笑い、悠臣が逆に訊ねてきた。それがかえって依都を苛立《いらだ》たせる。それがわからないから訊いているのだ。反骨心を隠《かく》しもせずに睨《にら》みつけると唐突《とうとつ》に悠臣が笑いだした。

「な、何？」

思わず半歩身を引いて不審《ふしん》な目を向ける。対する悠臣はくつくつと笑い、依都が身を引いたぶんだけ前にでた。面白《おもしろ》そうに依都の顔を覗《のぞ》き込む。

「強気だな。俺がなんと呼ばれているか知らないのか」

「もちろん知ってるわ。人を呪い殺す夜叉の子なんでしょ」

「知っていて身代わりになったのならいい度胸だ。命が惜《お》しくないのか」

「ない」

即答《そくとう》して悠臣の冷たい瞳をまっすぐに睨み。

「主君のために賭《か》ける命なら惜しくない。それが忍びの本懐というものよ」

「成る程《ほど》。実に旧時代的な単細胞《たんさいぼう》思考だな」

……今、なんと？

あまりの言い草に聞き間違《まちが》いかと思った。いや実際に聞き間違いだったのかもしれない。だって暴言を吐《は》いた直後のくせに、悠臣は依都の左手を取ると己《おのれ》の口元まで持っていき――。

「なあ、その命俺にくれないか」

あっと思ったときには、悠臣の唇《くちびる》が左手の薬指に触《ふ》れている。ちりっと鋭《するど》い痛みが走り思わず依都が声を漏《も》らすと、伏《ふ》していた瞼《まぶた》がわずかにあがり青灰色の瞳と目があった。

悠臣の長い睫毛《まつげ》が月の光を反射してきらきらと光っていた。しばらくのあいだ依都は瞬《まばた》きも忘れて見入ってしまう。

唇の離《はな》れた感触《かんしょく》があり、ようやく依都は我《われ》に返った。薬指には赤い痕《あと》が残っている。

「なんのつもり？」

「結婚《けっこん》指輪の代用。用意するのを忘れたからな」

「はい？」

結婚指輪って……結婚する者同士で贈《おく》りあうあれのこと？　近年定番化しつつある西洋の文化だと知ってはいるが。

「なんでわたしに？」

「鈍《にぶ》いな。俺と結婚して欲しいと言ったんだ」

「はあっ？」

依都はむせ返った。手を引っ込めるとすかさず尻《しり》で畳《たたみ》をずってあとずさる。

「か、からかわないで」

「こんなこと冗談《じょうだん》で言うか」

「金で嫁《よめ》を買おうとしたくせにっ」

「気が変わった」

依都が逃《に》げたぶんだけ悠臣もこちらにすり寄った。とんと壁《かべ》に背中がぶつかりとうとう逃げ場がなくなって。とどめとばかりに悠臣は両手を壁について覆《おお》い被《かぶ》さり。

「今はお前の意思で嫁《とつ》いできて欲しいと思っている。書類上で無理矢理《むりやり》嫁にしたところで、お前にその気がなければまた逃げられるからな」

「なんでそこまでしてわたしにこだわるのよ」

訊ねて、しかしすぐに思い至った。

「……あの襲撃と何か関係があるの？」

「そうだ」

やっぱり。依都は奥歯を噛《か》んで視線を逃《のが》した。

先ほど襲撃犯は〝有栖川美緒を渡《わた》せ〟と言っていた。つまり襲撃の理由はこちら側にあるというわけだ。そうなると最も怪《あや》しいのは高柳の伯父《おじ》である。没落華族《ぼつらくかぞく》である有栖川家を狙《ねら》ってもなんのうまみもないけれど、借金がらみとなれば話は別だ。伯父のせいで悠臣も何らかの被害《ひがい》を受けており、腹いせに美緒へと残虐極《ざんぎゃくきわ》まりない行為《こうい》をしようとしているのでは。悠臣の言う〝結婚〟とはおそらく〝殺す〟という類《たぐ》いの隠語《いんご》であり、これは巧妙《こうみょう》な陰謀《いんぼう》で——。

「強いお前に惚《ほ》れてしまった」

「ほれっ」

予想とまったく違う答えが返ってきて声が裏返った。

あれで惚れたですって？　恐《おそ》れられるならまだしも、そんな展開は想定していない。

「頼《たの》む。どうせ死ぬつもりなら俺の物になってもいいだろう？」

「それとこれとは話が違う！」

「頼んでだめなら美緒を捜《さが》して人質《ひとじち》にし、結婚してくれなきゃ殺すと脅《おど》す」

「ちょっ、そんなの卑怯《ひきょう》よっ」

「何とでも言え。どうせ俺は夜叉《やしゃ》なんだろ」

まさかこの男……夜叉と呼ばれて拗《す》ねている？

なんだか調子の摑《つか》めない男である。ともあれ、まずは迫《せま》る悠臣を押し返そうとした。しかし純粋《じゅんすい》な力比べでは完敗し、押し返すどころか首筋に顔を埋《うず》められてしまう。墨色《すみいろ》の髪《かみ》の向こうには窓が見え、そこからは白い月が覗いていて。なんだか見られてはいけないものを覗かれているような気がしていたたまれない。頭が真っ白になる中で、悠臣の吐息《といき》が首筋にかかった。

「愛してる」

十六年の人生の中で最も寝覚《ねざ》めのよい朝だった。

どこを見ているでもなかった依都の瞳に、雪見障子から秋晴れの日差しが差し込んだ。白い塵《ちり》が光を弾《はじ》いて暖簾《のれん》のように揺《ゆ》らめく様をぼんやりと眺《なが》める。

「全部……全部この布団《ふとん》が悪いんだ。ふかふかが憎《にく》い……」

ぼふん、と枕《まくら》に裏拳《うらけん》を食《く》らわす。この状況《じょうきょう》下で熟睡《じゅくすい》してしまった自分の図太さというか楽天的なところを正当化するために。

昨夜追い詰《つ》められた依都だったが、しかしそれは一時《いっとき》のことだった。悠臣は歯の浮くような台詞《せりふ》を吐いたあと、

「一晩考えてくれてかまわない」

と言ってにこりと微笑《ほほえ》み依都をその場に置き去りにして。結局依都は美緒のために用意された部屋で一夜を明かした。

初めはちゃんと逃げようとしたんだ……と、誰《だれ》にともなく言い訳をする。

しかしあのあと、書生を名乗る人物が布団を敷《し》いて去っていき、それがあまりにも寝心《ねごこ》地《ち》がよさそうだったので。

ふかふかな布団に罪はない――そう思ってしまった。美緒を見送るために朝は早かったし、偽者《にせもの》とばれてはいけない緊迫感《きんぱくかん》でひどく疲《つか》れていたせいもある。それに今逃げてしまっては、悠臣は本当に異国まで飛んでいって美緒を捕《つか》まえそうな気がしたし……。

と、言い訳だけはたくさんでてくるが布団からはでられない。

（それにしても……〝愛してる〟だなんて）

昨夜の光景が頭をよぎり、つい依都はしっちゃかめっちゃか暴れまわった。あんな台詞を実際に言う人間が存在しているだなんて。びっくりしすぎてだし損《そこ》ねていた怒《いか》りを今さらながらに布団へとぶつける。断じてほだされていたわけではない。あれには必ず裏があるとわかっている。依都はまだ陰謀説を捨ててはいない。

「美緒様、お目覚めですか？」

うだうだしていたところに声がかかった。人が近づいてくる気配は感じていたので驚《おどろ》きはしなかったが、起きなければならないという絶望は覚えた。

「起きてます」

美緒じゃないけど。

答えてもぞもぞと布団から這《は》いでた。乱れた寝間着（当然のように用意されていた。着《き》丈《たけ》がぴったりなのが逆に怖《こわ》い）を整える。

「失礼します」

という声がして障子が開くと、二十代後半くらいの男性が廊下《ろうか》に座していた。昨夜布団を敷きに来た書生である。袴《はかま》にスタンドカラーシャツをあわせたその人は、依都と目があうなり人のよさそうな笑《え》みを浮《う》かべた。

「柏木《かしわぎ》と申します。悠臣様の身の回りのお手伝いをしております」

頭をさげた柏木につられて、こちらも慌《あわ》てて頭をさげた。

「えっと、依都です」

しかしすぐに柏木が手で制し、「頭をあげてください」と困ったように苦笑《くしよう》した。

「こちらの都合で大変申し訳ないのですが、あなたには美緒様として嫁いでいただきます。そのため我々はあなたのことを美緒様と呼びますし、伯爵令嬢《はくしやくれいじよう》であり悠臣様の婚約者である美緒様には頭をさげる必要がありません」

「成る程《ほど》」

隠《かく》しておきたい気持ちはわかる。万が一にでも〝東堂園家の息子《むすこ》が伯爵令嬢に逃げられたあげくその使用人と結婚した〟なんて話が知れたら東堂園家は笑いものになってしまう。上流階級に連なるために伯爵令嬢を買うような家が、そんな醜聞《しゅうぶん》を許すわけがないだろう。

「って、まだ結婚するとは言ってないんですけど」

戸籍《こせき》を埋《う》めたいだけならば座《ざ》敷牢《しきろう》にでも閉じ込めておけばいい。そうしないということは〝何か〟に協力的な嫁が必要ということだ。

昨夜の襲撃《しゅうげき》も気になるし、面倒《めんどう》ごとなら遠慮《えんりょ》したい。

「断らないほうがよろしいかと」

「……どういうこと？」

柏木の声音《こわね》が一音さがり剣呑《けんのん》さを帯びた。知らず依都も表情が強張《こわば》る。

柏木が懐《ふところ》から一枚の写真を取りだして依都の膝《ひざ》先に置いた。大きな船が停泊《ていはく》し、乗客が手を振《ふ》っている写真だった。港は見送りの人でごった返している。船はまさに出港するところで、甲板《かんぱん》と港の人間とを繋《つな》ぐ紙テープが数本ちぎれてはらりと揺れていた。

「悠臣様が入手した写真です。ここをよくごらんください」

「これは……美緒様？」

柏木が指差したのは甲板の上だった。美緒と誠一が写っている。美緒の視線を辿《たど》ってみれば、当然のように港で見送る自分もいる。

「悠臣様はすでに美緒様が乗船した船、寄港場所、到着《とうちゃく》予定時刻など、すべてを把握《はあく》しておいでです。お仕事柄《がら》外国に住まう知人も多いので、あなたが今回の申しでを断ればたちまち現地へと連絡《れんらく》して下船直後の美緒様を拘束《こうそく》するでしょう」

「なっ……」

悠臣は依都が助けに入るまで、花嫁《はなよめ》が偽者であることを知らなかった。ということは、襲撃にあってから今朝までの短い時間でこの写真を入手したということだ。ここまで来ると美緒を人質にするという発言もはったりには思えなくなってくる。

東堂園悠臣……本当に何者なのだろう。

「悠臣様のお仕事って何なんですか」

「近衛《このえ》騎兵《きへい》連隊の中隊長でいらっしゃいます」

「それは〝表〟のお仕事では？」

「……なんのことでしょう？」

にこりと笑って柏木が言う。どうやら答える気はなさそうだ。

諦《あきら》めて依都は質問の方向を変えてみる。

「じゃあ……昨夜みたいなことはよくあるんですか」

やはりどうしても昨日の襲撃が気になっていた。

襲撃に対してある意味冷静に被害者を演じ、そのうえ依都という不測の事態に関しては瞬時《しゅんじ》に反撃してみせた悠臣。手慣れすぎている。

あの襲撃は何なのか。何故《なぜ》いったんは被害者《ひがいしゃ》を演じたのか。予想通りに高柳が関係しているのか。そしてあの襲撃によって〝依都に惚れて〟求婚《きゅうこん》したというのは本当なのか――。

明かされていない点が多すぎて、どうにも〝惚れた〟というのは信用できず、裏があるようにしか思えない。しかし昨日の求婚は真に迫っていて、それが嘘《うそ》にも思えなくて。

至近距離《きょり》で見つめてくる悠臣の顔を思いだし、依都の体温がぼんっとあがった。

「うーん、どうでしょう。わたしは使用人ですのでよくわかりませんね」

柏木の声で我《われ》に返った。浮かぶ笑みは一縷《いちる》も揺るがず依都に真意を掴《つか》ませない。とはいえその雰囲気《ふんいき》からして襲撃は初めてではなさそうだった。

どんな生活をしていれば襲《おそ》われるのが当たり前になるのか。それが当たり前の生活を当たり前のように甘受《かんじゅ》するのはいったいどんな心地なのか。

……つらくは、ないのだろうか。

柏木が背後から何かを取りだした。

「ではこちらに着替《きが》えてください」

差しだされたのは一枚の着物だった。一目見て上等なものだとわかってしまう。

「こんな高価な物いただけません」

「悠臣様の婚約者である以上、よい物を身につけていただかなければなりません」

「ちなみに悠臣様は本日ご用事があるため、ご家族との顔あわせは明日の予定です。ですので今日は本邸《ほんてい》をご案内致《いた》しますね。こちらには悠臣様とわたししか住んでおりませんので」

勝手に話が進んでいって依都はめまいを覚えた。それに本邸を案内するということは、まさかこの武家屋敷《ぶけやしき》は離《はな》れなのか？ 逃《に》げるときに見た限り、ここでさえ十四の部屋と台所、坪庭《つぼにわ》があるのに？

こんな豪邸《ごうてい》に住む人物が依都のような陰《かげ》に生きる者に惚《ほ》れた振りをする理由なんて絶対にろくなものではない。

となると……これ、どうしよう。

目の前の着物をじっと見つめる。これを受けとってしまったら最後、本当にもうあと戻りができない。袖《そで》を通した瞬間に悠臣の思惑《おもわく》に同意したことになってしまう。

「贈《おく》り物を着てもらえないのは寂《さび》しいものだな」

と、いきなり背後から手が伸《の》びてきて目の前の着物をかっさらった。

振り返ればスーツに身を包んだ悠臣が立っている。ばさりと着物を広げると、依都の肩《かた》にかけて着物ごと後ろから抱《だ》きしめた。

「なっ……」

「でもっ」

「帰ってくるまでにこれを着て、答えを聞かせてくれ」

顔を覗《のぞ》き込まれ、再び依都の体温があがった。悠臣は満足そうに微笑《ほほえ》んで踵《きびす》を返す。

「いってくる。帰るまでに花嫁をめかし込んでおけ」

「はい」

柏木が答えて頭をさげるが、一方の依都は硬直《こうちょく》し、機嫌《きげん》よくでていく悠臣の背中を呆然《ぼうぜん》と見送ることしかできなかった。

……絶対におかしい。

依都は肩にかけられた着物を脱《ぬ》ぎ捨てながら考えていた。自分には溺愛《できあい》される謂《い》われがない。悠臣は襲撃犯に立ち向かう姿に惚れたと言っていたが、普通《ふつう》は強い女なんて嫌《きら》われるはずだし怪《あや》しいものだ。絶対に裏でよからぬ仕事を行っており、依都に手伝わせるつもりに違《ちが》いない。そういう汚《きたな》い仕事で東堂園家は億万長者になったのだ、きっと。

「やっぱり逃げよう」

とりあえずいつものぼろを着て、人目を忍《しの》んで階段を下る。柏木は買い物にでかけており今が絶好の逃げ時である。

悠臣が美緒を捕《つか》まえるつもりなら彼女のそばでそれを妨害《ぼうがい》すればいい。依都の逃亡《とうぼう》が発覚した途端《とたん》に異国の知人とやらが美緒のことを拘束するかもしれないが、それなら今度こそ命がけで助けだす。それだけだ。

(それにしても、伯父《おじ》様は今どこで何をしているのやら……)

気の弱い高柳がどうして三万円もの借金を抱《かか》えてしまったのか。やはりどうしても腑《ふ》に落ちなかった。孤児《こじ》同然の依都のことも〝家族〟と呼ぶくらいのお人好《よ》しであったから、誰《だれ》ぞ困っている人の連帯保証人にでもなってしまったのか。となるとそんな高柳の連帯保証人になってしまった伯爵《はくしゃく》様はさらにお人好しということになる。

考え事をしながら勝手口を飛びだしたところで依都は何かにぶつかった。

「おおっと、危ない」

その声で誰かに抱き留められたのだと気づく。後ろに飛びすさって懐剣《かいけん》を掴むと「待って待って。止める気はないよ」と声の主が両手をあげて降参を示した。

そこにいたのは二十代前半くらいの下士官服を着た青年だった。長い前髪《まえがみ》で片方の目が隠《かく》れている怪しげな青年で、後ろ髪を上半分だけ結《ゆ》わえている。へらへらと笑って小首をかしげ、敵意のないことを示しながら歩み寄ってくる。

「東堂園中隊長の部下で早乙女《さおとめ》少尉《しょうい》っていいますぅ」

「……その部下というのは〝裏〟のお仕事でも兼務《けんむ》しているの?」

「やだなあ、なんのことっすか？」

とぼける早乙女。しかし……と依都は目を細めて早乙女を凝視《ぎょうし》した。どうしてもこの男がただの軍人とは思えなかったのだ。

とはいえ目下の問題はこの男が悠臣の部下であることだ。表だの裏だのを差し置いたとしても、上司の婚約者が逃げるのをむざむざ見過ごす部下はいない。

しかし早乙女は「ふーん」と品定めするように眺《なが》めてから、

「そんなに嫌《いや》なら逃げちゃえば？」

と、拍子抜《ひょうしぬ》けするほどあっけらかんとして言い切った。やる気なく笑ったその顔は油断を誘《さそ》うための作り物には思えない。

「どうしてそんなことを言うの？　あなた、それでも悠臣様の部下なの？」

忍びからすれば到底《とうてい》理解ができない行いだった。主の意に背《そむ》くだなんて。

「だって結婚が嫌なんでしょ？　そんで君、見たところ逃げられるだけの技術があるよね。だったら迷うことなんてない。逃げちゃえばいいんだよ。借金なんて踏《ふ》み倒《たお》すためにあるんだし」

なんなら手を貸すけど？　と軽薄《けいはく》に笑ってつけ足して、本当に悠臣の部下なのかと疑いたくなるような提案をする。両手をあげたまま道を開け、どうぞと逃走経路を譲《ゆず》ってみせた。

「……」

罠《わな》、ではなさそうだ。しかしいざ「逃げちゃえば」と言われると、ここで逃げるのも癪《しゃく》に障《さわ》ると思ってしまうのが依都である。

その揺《ゆ》らいだ心を試《ため》すように早乙女が畳《たた》みかけてくる。

「若いうちは短いんだから、こんなところで時間を無駄《むだ》にしていたらご先祖様に顔向けできないよ。命は有効に使わないいいいいと」

その一言が爺様《じいさま》の口癖《くちぐせ》と重なった。

と同時に、

〝まだここで死ぬわけには〟


そう言った悠臣の顔も頭に浮《う》かんだ。暴漢に襲われて肩から血を流しているくせに〝死ねない〟と荒唐無稽《こうとうむけい》な願望を言ってみせた男の姿。

……まあ、あのやられっぷりは演技であり、依都は見事に騙《だま》されたわけだが。

しかしあれを本心だとすると、あの人の命の使い道はあの場ではないということだ。

ならわたしを三万円で買ってまで、叶《かな》えたい命の使い道ってなんなのだろう。

「ま、いーや。逃げるなら今のうちに逃げといてよね。俺行くから」

再び軽薄な声がかかった。気づいたときには早乙女はこちらに背を向けており、ひらひらと手を振《ふ》って歩きだしている。

「結局何しに来たんだろう……」

その背中に向かって、依都は呆《あき》れた声をあげつつ。

部下、ね……。

歩き去る姿にやはり違和感《いわかん》を覚えて、思わずじっと見つめてしまった。

足音がまったくしないのだ。軍事訓練を受けた人間は歩き方に癖がでるものの、無音の足音というのはまた別の訓練を要するものだ。これがこの男をただの軍人ではないと思った所以《ゆえん》である。

予備動作なく背後を取った悠臣と、その部下を名乗る足音のしない男――。

よし。

依都は小さく頷《うなず》くと、勝手口を諦《あきら》めて室内に戻《もど》り、縁側《えんがわ》の戸を開けてそこから外へと飛びだした。

カフェーに来るなんて何ヶ月ぶりだろうか。最後に来たときには女給を巡《めぐ》ってちゃんばら騒動《そうどう》が勃発《ぼっぱつ》し、とはいえ廃刀令のせいで犠牲《ぎせい》になったのは撞球《ビリヤード》のキューで、真っ二つに折れて使用停止になっていた。それが今日はブラックテープで補強され、若干強引《じゃっかんごういん》に競技が再開されている。

吹《ふ》き抜けになっている二階から一階の遊技場で玉突《たまつ》きにいそしむ男たちを見おろしていると、焦茶天鵞絨《こげちゃびろうど》の制服を着たボーイがメニューを持ってやってきた。珈琲《コーヒー》を頼《たの》むとしばらくして、和服にエプロン姿の女給が危なっかしい足取りで運んでくる。カフェーは西洋の珈琲茶館《コーヒーハウス》に倣《なら》って作られたが、見た目重視の女給と社交を勘違《かんちが》いした男たちとでいつもごった返していた。

「高柳！」

珈琲を飲み干したところで声がかかった。顔をあげるとスーツ姿の男が階段を駆《か》けあがってくるところだった。山高帽《やまたかぼう》を持ちあげて軽く会釈《えしやく》をすると、そんなことはどうでもいいとばかりに切羽詰《せっぱつ》まった顔で向かいに座った。

「しばらく連絡《れんらく》が取れなかったから心配したぞ！」

「それは本当に申し訳なかった。少々、その、立て込んでしまって……」

相手の気迫《きはく》に押し負けて高柳が口ごもると、相手はじれったそうに身を乗りだした。声を抑《おさ》えて耳打ちする。

「それはわかってる。俺への分け前は忘れてないよな？」

「分け前？」

「とぼけるなよ！　警備の情報を教えたのは俺だぞ！　ちゃんとアンプルは売れたんだろうな？　阿片《あへん》も当然手に入ったんだろう？　もう我慢《がまん》できないんだ、早く俺にも分け前をよこせ！」

血走った目でまくしたてる様子は正気の沙汰《さた》ではなかった。終《しま》いには胸《むな》ぐらを摑《つか》んで凄《すご》んでくる。

「ひいっ――」

たまらず高柳は便所の中へと逃《に》げ込んだ。戸を閉めようとしたが間に合わず、滑《すべ》り込んできた男によって後ろ手に鍵《かぎ》を閉められる。狭《せま》い空間で二人きりになった途端《とたん》、

「逃げんじゃねえよ糞野郎《くそやろう》！」

と、男が殴《なぐ》りかかってきた。

「糞野郎はお前だ、売国奴《ばいこくど》」

「は？」

振りおろされた手を摑み、男を半回転させると背中に腕《うで》を押しつけた。たちまち男から悲鳴があがるが口を押さえて黙《だま》らせる。

高柳はにやりと嗤《わら》って。

唐突《とうとつ》に首を掻《か》いたかと思えば、次の瞬間《しゅんかん》にはべろりと顔を剝ぎ取った。

「ば、ばけものっ……」

「よく見ろ、人工皮膚《ひふ》だ暴れるな」

男が再び叫《さけ》びそうになるのを一瞥《いちべつ》凄《すご》んで黙らせる。

〝高柳〟の顔の下にはまた別の顔があった。青灰色の瞳《ひとみ》に墨色《すみいろ》の髪《かみ》を持つ端整な顔立ちをした男――東堂園悠臣が呆れた顔で暴れる男を見おろしていた。

「お前、誰《だれ》だっ」

「帝国《ていこく》陸軍所属の情報将校とだけ名乗っておこう。お前の取り引き相手である高柳について詳《くわ》しく訊《き》きたい。連れていけ」

きい、と戸が開くとスーツ姿の男が二人立っていた。撞球《ビリヤード》をしていた男だった。

陸軍所属と名乗るくせに軍服を着ていない。つまりはそういうことだと思い至った取り引き相手が抵抗《ていこう》を示したが、すかさず悠臣が手刀を叩《たた》き込んだ。ぐったりとうなだれた男に二人組は肩《かた》を貸し、酔《よ》っ払《ぱら》った友人を介抱《かいほう》するようにして連れていく。

「いやーさすがエージェントNN《エヌツー》。見事に敵をおびきだしましたねえ」

と、軽薄《けいはく》な声がかかった。連行される男のさらに向こうへと視線を投げる。

男とすれ違い様にブローをかまして酔っ払い演技に拍車《はくしや》をかけさせてから、一人の青年がこちらに向かって歩いてくる。軍人にあるまじき長い前髪で片目を隠《かく》している男――早乙女がうさんくさい拍手をした。

「世界中から指名手配されているのは伊達《だて》じゃないっすね。いいなあ、俺も凄腕《すごうで》スパイって呼ばれたい」

「お前、殺されたいのか」

結構本気で言ったのだが早乙女は気にした風もなく飄々《ひょうひょう》としている。悠臣は溜《た》め息をつくと店をでた。早乙女があとからついてくる。

世間に認知《にんち》されている悠臣の肩書きは近衛騎兵《このえきへい》連隊の中隊長だったが、それは表向きの身分である。

本来の身分は帝国陸軍情報局所属の情報将校――いわゆるスパイだった。

帝国陸軍情報局は二年前に新設された新しい部署だ。そしてこの一見軽薄でやる気のまったく感じられない早乙女こそが情報局で悠臣の副官を務めている男だった。並み居る精鋭《せいえい》を押さえて副官を務めるくらいなので実力者ではあるのだが、それを言うと調子に乗るので口にはださないと決めている。

「それにしても、高柳も阿片中毒で確定っすね。入手先はやっぱりベルナールかなあ」

「軽はずみなことは言うな。証拠《しょうこ》がない」

マリア・ベルナールは阿片窟《あへんくつ》の運営、およびスパイ容疑がかかっている女である。

機密情報の収集手口としては、まず政府要人を阿片窟に招いて中毒にし、〝薬が欲しければ機密情報を持ってこい〟と命じるのだそうだ。

そして有栖川美緒の伯父《おじ》、高柳昌也はベルナールの顧客《こきゃく》の一人だと悠臣は踏《ふ》んでいる。

高柳は阿片欲しさに機密情報を金で買ってベルナールに渡《わた》していたが、とうとう借金で首が回らなくなり、切り札として自身が勤める細菌《さいきん》学研究所から生物兵器のアンプルを入手。〝アンプルが欲しければ阿片とは別に三万円を支払《しはら》え〟と取り引きを持ちかけた……というところまではわかっているが現在は行方《ゆくえ》をくらましている。

悠臣の今回の任務はそのアンプルの奪取《だっしゅ》、およびベルナールのスパイ容疑を確定させることである。

「そういえば結婚《けっこん》おめでとうございますぅ。〝名無しの〟と呼ばれる根無し草もとうとう所帯持ちですねぇ」

〝名無しの〟とは周囲が勝手に呼びはじめた悠臣のコードネームである。スパイに個人識別記号なんて必要ないと突《つ》っぱねていたところ、あるとき敵組織が〝名無しの《Nomen Nescio》〟と呼びはじめてしまった。以降Nomen《ノーメン》 Nescio《ネスキオ》の頭文字《かしらもじ》を取ったNNが悠臣のコードネームとして定着してしまったのだ。

「毒花《どくばな》ちゃん、結構美人さんですねぇ」

「毒花?」

「ほら、曼珠沙華《まんじゅしゃげ》の着物で嫁《とつ》いできたでしょう？　あれ毒花じゃないっすか」

「お前はまたそうやって勝手に変なあだ名をつける……」

組織内で最初に〝名無しの〟と呼びはじめたのも早乙女だった。というかこいつ、わざわざ見に行ったのか……。呆《あき》れて悠臣の疲《つか》れが増した。

「任務のために仕方なくだ」

言い切って悠臣は踵《きびす》を返した。カフェーのある大通りから逸《そ》れて人の少ない道にでる。

異国で諜報《ちょうほう》活動をしていた悠臣だったが、今回の標的《ターゲット》が外国人ということもあり急遽《きゅうきょ》呼び戻《もど》されていた。諸外国でもきな臭《くさ》い動きが散見されるし、さっさと片づけて赴任《ふにん》地に戻りたいのだが。

ベルナールは用心深く、家以外で姿を見せるのは彼女が主催《しゅさい》する船上パーティーだけである。よってこの船で阿片窟も運営していると情報局は見ていたが……。

「例のパーティーに潜入《せんにゅう》するために結婚したんですよね。確か華族《かぞく》しか招待されないんでしたっけ？」

「なんだ、聞いていたのか。会議中寝《ね》ていたように思ったが」

「失礼な！　大事なところは起きてましたよ！」

「やっぱり寝てはいたんだな……」

証拠を手に入れたい情報局にとってパーティーへの潜入は不可欠だったが、そこには一つの問題があった。

そのパーティーには家柄《いえがら》の確かなもの――華族しか招待されないという決まりがあった。

ゆえに調査がなかなか進まず頭を抱《かか》えていたところに、高柳の事件が飛び込んできたというわけだ。

高柳は盗《ぬす》んだアンプルを換金《かんきん》し、唯一《ゆいいつ》の肉親である美緒に金を渡そうとしていた。

つまり美緒と結婚すればパーティーへの参加権を得るうえに高柳と接触《せっしょく》できる可能性もあった。ちょうど継母《はは》から結婚を迫《せま》られていた悠臣は任務もこなせるし一石二鳥だと美緒を金で買ったのだ。

(とはいえ足手まといの買い物に気が滅入《めい》っていたが……思わぬものが手に入ったな)

血のように赤い着物を翻《ひるがえ》し、一瞬《いっしゅん》のうちに襲撃者《しゅうげきしゃ》をねじ伏《ふ》せた偽者《にせもの》。

悠臣はその姿を思いだし、思わずにやりとほくそ笑《え》んだ。

「俺に惚《ほ》れさせて絶対服従の駒《こま》とする」

そして不要になったら切り捨てればいい。

襲撃によって多少の不信感は与《あた》えたかもしれないが、忍《しの》びなんて旧時代の遺物である。初《う》心《ぶ》そうだったし、少しちやほやすればすぐにでも落ちて正常な判断を失うだろう。

「隊長、極悪《ごくあく》非道〜」

「何を言う。今回の件、おそらく裏で手引きしている者がいる。捨て駒は多いに越《こ》したことはない」

「手引き?」

一介《いっかい》の金持ちにあれだけの悪知恵《わるぢえ》が働くとは思えない。手に入れている情報もベルナールの手には負えないものばかりだ。おそらく〈ティアガルデン〉あたりが裏で糸を引いている」

「〈ティアガルデン〉ってあの、戦争賛美主義者が集まった世界規模のテロ組織のことですよね？　〝戦火で世界を浄化《じょうか》する〟っていううさんくさい教義を掲《かか》げてる」

「それ以外にあんな組織があったら世も末だな。最近はうちの国の人間も仲間に引き入れているらしい。そんなことをする理由はただ一つ。この国で何かをやろうとしているときだけだ」

「またまた〜。事なかれ主義のこの国の人間にそんな大それたことできないですって」

「それは自己紹介《しょうかい》か？」

「ひどっ。まあ誰が相手であっても俺一人で何とかしてみせるんで。大船に乗った気でいてくださいよ」

「一人？」

「毒花ちゃん逃《に》がしちゃったんで」

「……は？」

耳を疑う台詞《せりふ》が聞こえて悠臣は振《ふ》り返った。

「逃がした？」

「だって忍びでしょ？　そんな旧時代の遺物いります？　俺がいれば十分じゃないっすか」

「あのなあ……」

どうしてこいつはいつもこんな感じなのかと悠臣は頭を抱えた。確かに優秀《ゆうしゅう》ではあるが、つい先ほど捨て駒は多いに越したことはないと言ったばかりではないか。いやここに来る前に逃がしたのであれば、あの話をした時点ですでに手遅《ておく》れだったということか。

「……屋敷《やしき》に戻るぞ」

今ならまだ取り返しがつくかもしれない。

「もう逃げちゃいましたって。そんなにお嫁《よめ》さんが欲しかったんですか？」

早乙女がへらへらっと笑ったときだった。

木々の生《お》い茂《しげ》った境内《けいだい》を通り抜《ぬ》けようとして、悠臣は何かを感じて足を止めた。

早乙女は気にも留めずに先を行く。刹那《せつな》、土に埋《う》まっていた縄《なわ》が姿を現し、輪っかを踏み抜いた早乙女の足首を締《し》めあげた。

「うわ、」

と声をあげた次の瞬間にはぐいんと勢いよく引っ張られ、高さ六尺はある木の枝へと逆さま状態でつりさがった。はっとして悠臣がナイフを投げ、
とすとすとすっ。

三本のナイフは見事、丸太へと命中した。

「……」

人の気配は確かに感じたはずなのに。

渋《しぶ》い顔をして振り返れば、地面に転がる丸太と、宙づりになっている早乙女と――早乙女の喉《のど》に懐剣《かいけん》を突きつけている一人の少女が立っていた。

悠臣が何者なのかを知りたかった。しかしその攻略《こうりゃく》は容易ではないように依都には思えた。

そんな矢先に現れた〝悠臣の部下〟。依都の前で足音を消してしまう程度の男なら簡単に攻略できると思った。

「悠臣様は何者なんですか。何故《なぜ》美緒様が狙《ねら》われるの」

東堂園家から逃げて美緒を守りきる自信はあるが、何故、そして誰《だれ》から狙われているのかを知っていれば成功率はさらにあがる。ゆえに依都は早乙女を人質《ひとじち》にして、はぐらかし続ける悠臣の口を割らせることにした。

早乙女を尾行《びこう》し、先回りしてくくり縄を仕掛《しか》ける。依都にとっては朝飯前だ。

しかし懐剣を握《にぎ》る手はわずかに震《ふる》えていた。悠臣の正体について予測が立ってしまったからだ。

依都の襲撃に反応してナイフを投擲《とうてき》できる即応《そくおう》力、狙いの正確さ……身代わりの術を使っていなければ今頃《いまごろ》依都は死んでいた。

（……間違《まちが》いない。この男は）

緊張《きんちょう》が走る。背筋にじとりと汗《あせ》を感じた。

尾行で得た情報も加味すれば、おそらく悠臣は予想した中でも最も相性《あいしょう》が最悪な——。

「ふははっ」

出し抜けに悠臣が笑いだした。今までに見てきた体温を感じない人工的な顔ではなく、心底堪《こら》えきれなかったというような笑み。拍子抜《ひょうしぬ》けして目をぱちくりとさせる依都を前に、悠臣はなおもかまわずに笑いこけ、

「野猿《のざる》か、お前は」

「野猿!?」

部下の命がかかっているというのによくもまあそんなことが言えたものだ。ぶらさがっている早乙女のほうが「ちょ、たいちょっ」と焦《あせ》った声をあげている。

「態度を改めなさい。そして大人しく吐《は》いて。部下がどうなっても知らないわよ」

「いやすまない。降参だ」

と悠臣は両手を掲げたが、ちっともそんなことは思っていなさそうに微笑《ほほえ》んで。

「まさかこんな強硬手段《きょうこう》にでるとは思わなかったんだ。だからじっくりとかわいがって、籠絡《ろうらく》してから話そうと思ってたんだがな」

「籠絡って……まさかあれ色仕掛けのつもりだったのっ」

どうりで変だと思った。昨夜の悠臣を思いだし、わずかでもどきりとした自分を恨《うら》めしく思う。

「明かさないほうがよかったか？」

「馬鹿《ばか》言わないで。わたしは忍びよ。逆に利用してもよかったくらいよ」

懐剣を握る手に力を込めると「ほんと隊長、そのへんでっ」と早乙女が情けない声をあげた。

「冗談《じょうだん》だ。そんなに怖《こわ》い顔するな」

どこか上機嫌《じょうきげん》そうに悠臣が言って踵《きびす》を返した。ほぼ同時、早乙女をつっていた縄が切れて落下する。悠臣がナイフを投げたのだ。

獲物《えもの》を奪《うば》われて依都はぶすっと睨《にら》みつける。目があった途端《とたん》に悠臣は肩《かた》をすくめてみせた。

「説明してやる。うちへ帰るぞ」

まずったなあ……。

屋敷に戻《もど》った依都は首をすぼめて縁側《えんがわ》に正座し、深々と重たい溜《た》め息をついていた。早乙女の尾行は予想通りにたいしたことはなかったが、それから推察するに絶対に面倒《めんどう》ごとに巻き込まれている。こんなことなら大人しく逃げればよかった。渋い顔で視線をあげて縁側に腰掛《こしか》けている悠臣の横顔を窺《うかが》った。

家に帰るなり悠臣は不要品をドラム缶《かん》に入れて燃やしはじめてしまい、かれこれ数分間は無言のまま、依都は待ちぼうけを食わされていた。

ぱちぱちと爆《は》ぜる火の粉が悠臣の横顔を明滅《めいめつ》させる。眺《なが》めていると悠臣がおもむろに口を開いた。

「お前の問いにまだ答えていなかったな。俺の仕事はさっき見たとおりだ」

「……スパイって本当にいたんですね」

「忍《しの》びのお前には言われたくない」

「わたしだってスパイにだけは言われたくなかったですよ」

正直な話、依都はスパイというものが嫌《きら》いだった。

御一新《ごいっしん》によって時代遅《じだいおく》れのものは淘汰《とうた》され、かわりに蒸気機関車やガス灯、電話など、西洋の便利なものがたくさん入ってきた。しかしその一方で士族はお家を取り潰《つぶ》され、阿《あ》片《へん》や病気、拳銃《けんじゅう》など、好ましくないものも数多くもたらされてしまう。スパイもその一つだと爺様《じいさま》から聞いたことがある。

「スパイは空を飛んだり、生者の皮を剝《は》いでなりすましたりするんでしょ。そんなものが実在するなんて信じられるわけないじゃない」

「誰からの知識だそれは。確かにハンググライダーを使ったり人工皮膚《ひふ》でなりすましたりはするが、そんな化け物みたいなものじゃない」

「ふーん……」

スパイが行う近代的な諜報《ちょうほう》術について初めて聞いたときはわくわくした。しかしそのかわりに、スパイは効率重視で命を賭《か》けることもしないと教わった。武士を祖に持つ忍びからしてみれば〝主《あるじ》のための死は誉《ほま》れ〟であり、身命を賭《と》せない者は臆病《おくびょう》者、薄情《はくじょう》者である。ゆえに依都はスパイに対してあまりいい印象を持っていない。

「それでだ」

ドラム缶の中身を枝でつつきながら悠臣がそんな前置きをして。

「お前、俺のために死ねるか」

「はあっ？」

突拍子《とっぴょうし》もない質問に依都は思わず舌を嚙《か》みそうになった。一方の悠臣は涼《すず》しい顔のままで問いを重ねる。

「俺に仕える気はあるのかと訊《き》いている」

「初めっからそう言ってくださいよ……」

ごほんと一つ咳払《せきばら》いをして、依都は動揺《どうよう》をごまかしつつ。

「わたしの主は美緒様ただ一人。寝言《ねごと》は寝てから言ってください」

「その主が俺に借金をしたまま逃《に》げたわけだが」

「う」

否定できない……。

意気揚々《いきようよう》と宣言したもののこれでは格好がつかなかった。案の定悠臣は追い詰《つ》めるように依都を見据《みす》えて。

「臣下は主のかわりに責めを負うのが道理では？」

「それは、そうかもしれないですけど……」

正論に返す言葉がなくなった。しかしこのまま大人しくスパイに買われるのも癪《しゃく》に障《さわ》ったので。

依都はぶすっとふてくされて黙《だま》り込んだ。悠臣は気にせず、次に火へとくべるものを手に取った。

それは血のついたシャツだった。おそらく昨夜悠臣が着ていたもの。

「その怪我《けが》もわざと？」

赤い染《し》みを見つめて依都が問う。

依都の背後を取れる悠臣があの程度の人間に後《おく》れを取るとは思えない。先ほどだってあわよくば悠臣を罠《わな》にはめようと思ったのに、直前で感づかれて結局早乙女しかかからなかった。

「あの晩はお前がいた。〝悠臣〟はお坊《ぼっ》ちゃんだから、かろうじて敵を追い返すくらいでなければ怪《あや》しいだろう？」

「かわいくない……」

あのときの依都の内心を読んだかのような言い草だった。面白《おもしろ》くなくてぼやきつつ、ドラム缶の中で灰になっていくシャツを見つめる。肩から脇腹《わきばら》にかけて結構な範囲《はんい》が赤く染まっていた。〝騙《だま》すため〟と割り切るにはなかなかにためらう出血量ではないか？

「……怪我、痛くないんですか」

「慣れてるからな」

無表情で悠臣が言う。

そんなことに慣れなくてもいいものを。

〝命は有効に使いなさい〟

爺様の言葉が頭をよぎって、シャツから悠臣の横顔へと視線を移した。

あの晩、忍びと知った途端に手のひらを返して求婚《きゅうこん》してきたのは何故《なぜ》だったのか。

そこに、依都が命を有効に使えるだけの理由はあるのか。

「お金で妻を買うんならもっと別の人がいいんじゃないですか」

疑問に思って訊《たず》ねると、

「お前がいい」

端的に言われてびっくりする。

お前でいい、ではなく、お前がいい。そんな風に言われたのは初めてだった。

「継母《はは》が結婚しろと大量の縁談を持ってきたところに今回の任務が舞《ま》い込んだんだ」

「任務？」

訊ねると、悠臣は美緒を買った理由をつらつらと話した。母親から結婚をせかされて迷《めい》惑《わく》していた矢先、高柳がとある機密情報を盗《ぬす》んで失踪《しっそう》し、それの奪還《だっかん》を命じられたこと。

高柳は美緒に接触《せっしょく》してくる可能性があり、そんな美緒を餌《えさ》にすれば敵を釣《つ》れるかもしれないと考えたこと。そして船上パーティーに潜入《せんにゅう》するためには華族《かぞく》と縁戚《えんせき》になる必要があったこと……これらすべてを満たせるものが有栖川美緒との結婚だったという。

「とはいえ弱い人間を抱え込むのは荷物になるから乗り気ではなかった。その点、忍びであるお前ならば自衛もできるし好都合だ」

お前がいいってそういう意味か。納得《なっとく》したと同時に何故だかずきりと胸が痛んだ。そんなことを露《つゆ》も知らない悠臣は言葉を続ける。

「俺と手を組み美緒のふりをしているあいだは本物から目を背《そむ》けさせることができる。そのうえ目標を奪取し敵組織を壊滅《かいめつ》させれば美緒が狙《ねら》われることは二度となくなる。悪い話ではないと思うが？」

「確かに……」

「だが勘違《かんちが》いはするなよ。お前は人質《ひとじち》であり有栖川美緒の身代わりとして俺に嫁《とつ》ぐだけだ。そのためお前に対しての愛情はないし、荷物になった途端《とたん》に切り捨てる」

「そ、そんなのわかってるってば」

「だといいがな。ちなみに逃げたら本物の美緒を連れ戻《もど》すからそのつもりで」

「……」

いちいち一言多いなこの男は。

むかっときて依都は思わず渋面《じゅうめん》を浮《う》かべる。しかし同時に気づいてもいた。

忍びの時代は終わり、自分はもう役立たずだと思っていた。里のみんなのように命を賭ける機会もなく、このまま終わっていくのだと思っていた。

それはやっぱり、少し寂《さび》しくて。

だから最後に、美緒のために命を使いたいと思った。忍《しの》びとして生きたいと思った。

ならばこれは、もしかすると最後の忍び働きとしてふさわしいのかもしれない。依都がいれば成功率は格段にあがるだろうし、悠臣にとっても有意義なはずだ。

……そのわりに悠臣は何故だかずっと不機嫌《ふきげん》だが。

火にくべていた物がおおよそ燃え、悠臣が次に燃やす物を手に取った。

依都が拒否《きよひ》した着物だった。

「あーっ」

「なんだ、着ていないということはいらないんだろう?」

「それは、そう、ですけど」

答えるとためらいもなく火にくべる。咄嗟《とっさ》に依都は火の中から着物を救いだした。そのまま跳躍《ちょうやく》すると近場の木へと飛び移る。

袖《そで》がわずかに焦《こ》げた着物を羽織り、枝に仁王立《におうだ》ちして悠臣を見おろす。

「仕方ないから三万円で買われてあげる。忍びは銭《ぜに》さえあれば働くんだからっ」

この男に買われるのは美緒のためだ。

別に同情とか、必要とされて嬉《うれ》しかったとか、そんなんじゃない。

口を突《つ》いてでたのはそんな憎《にく》まれ口だった。それは強情《ごうじょう》な依都にとっての精一杯《せいいっぱい》だった。

悠臣がその言葉をどう捉《とら》えるか。わからず依都は身体《からだ》を強張《こわば》らせる。

一時《いっとき》悠臣は黙り込み、ふと目を細めて依都を眺《なが》めた。それは依都を眺めているようにも、依都を通して別の何かを見ているようにも思える、少し遠い眼差《まなざ》しだった。

「あの着物の」

「え？」

「花嫁衣装《はなよめいしよう》に描《えが》かれていた曼珠沙華《まんじゆしやげ》の、その別名を知っているか」

何を言うかと思えば。何故そんなことを訊《き》くのかわからなかったが、しかしその答えは知っている。

「……死人花《しびとばな》」

だから依都はこの着物を選んだのだ。身命を賭《と》すという覚悟《かくご》のつもりで。

「それとも一つ。地獄花《じごくばな》という。お前はこの地獄に咲《さ》く花となれ。俺のためにその鮮血《せんけつ》を散らし、最期《さいご》は咲き誇《ほこ》って死ね」

〝死ね〟――と、悠臣は命じたというのに。

そのとき初めて、依都は一切《いっさい》の邪気《じゃき》を孕《はら》まない、穏《おだ》やかな悠臣の笑《え》みを見た。

Mission2 愛(偽装)を示して義母に結婚を承諾させよ

〝開いた口が塞《ふさ》がらない〟もしくは〝鳩《はと》が豆鉄砲《まめでっぽう》を食ったような〟。依都はまさしくそんな顔をして〝それ〟を見ていた。

「何、これ……」

「家だが」

「嘘《うそ》だ!」

こんなものが個人宅であるはずがない。

薔薇《ばら》の咲き誇る曲がりくねった道を抜《ぬ》けた途端、視界いっぱいに城が現れたので依都は絶句してしまった。嫁いできたときは夜だったし、直接離《はな》れに案内されたので城の存在には気づかなかったのだ。

悠臣が家と呼ぶその三階建てのお屋敷《やしき》は、二階までは外観通りの洋館だが三階だけは和室になっているのだそうだ。最近はやりの和洋折衷《せっちゅう》というものらしいが、お城のような洋館の中に和室が存在するだなんてまったくもって想像ができない。

悠臣が金持ちだと知ってはいたが、まさかこれほどまでとは夢にも思わなかった。

二の句が継《つ》げずに口をぱくぱくさせていると、半歩後ろから押し殺したような笑い声が聞こえてきた。

「わ、笑うなあっ！　わたしは道化《どうけ》じゃないんですよっ」

背後を鋭《するど》く睨《にら》みあげる。骨張った手が依都の頭にぽんっと置かれ、以降小気味よくぽんっぽんっと跳《は》ねている。

「知っている。俺の嫁《よめ》だ」

「わかっているのなら笑うなっ」

「笑ってない」

「肩《かた》が震《ふる》えてますよ！」

ぽんぽんでうやむやにしているつもりかもしれないが依都の目はごまかせない。指摘《してき》してやると、

「俺の嫁が面白《おもしろ》すぎるのが悪い」

と、とうとう事実を認めてから（失礼な！）悠臣は満足するまでひとしきり笑った。

正式に〝嫁〟として協力することになった翌日。依都は悠臣から贈《おく》られた着物を着て本《ほん》邸《てい》に来ていた。

〝嫁〟としての務め――すなわち義実家への挨拶《あいさつ》を行うために。

「昨日も言ったが、俺が〝華族〟である有栖川美緒を買った理由は二つある」

笑いきった悠臣がふうと息を整えてからすまし顔で口を開いた。

「二つ？　とあるパーティーへの参加権を得るため……だけじゃないんですか？」

〝美緒〟としての価値はいろいろと聞いたが、〝華族〟でなければならない理由はそれだけだったはずだ。

「実はもう一つある。それは俺の継母《はは》が華族以外の嫁を認めないからだ」

「えっ、そうなんですか⁉」

「だから絶対にばれるなよ。間違《まちが》っても鳩にも野猿《のざる》にもなるな」

「なるかっ」

だから何だってこの男はいちいち一言多いのか。

本邸に入り長い廊下《ろうか》を抜けた先で標的《ターゲット》は依都のことを待ち受けていた。

着物姿の女性が赤い天鵞絨《びろうど》の長椅子《ながいす》に腰掛《こしか》けていた。悠臣の養母、東堂園聡子《さとこ》である。

悠臣の生みの母親が亡《な》くなったため十六歳で聡子の養子になったと聞いている。

ちなみに東堂園家には現在四人の人間がいる。悠臣の父であり家長でもある弥太郎《やたろう》。その妻聡子。そして悠臣と異母弟だ。聡子には他《ほか》に二人の子がいたが、七年前に娘《むすめ》を、六年前に息子《むすこ》を亡くしている。そのうえ弥太郎も病で臥《ふ》せっているらしく、この相次ぐ不幸によって悠臣に〝夜叉子《やしゃご》〟という異名がついた。

聡子は依都のつま先から頭の先までを舐《な》めるように眺めてから。

「わたしは認めませんよ。こんな結婚《けっこん》」

びっくりして依都は言葉を失った。とどめとばかりに聡子は口を尖《とが》らせて。

「没落華族《ぼつらくかぞく》だなんて。東堂園家に泥《どろ》を塗《ぬ》るつもりですか」

ばっさりと吐《は》き捨てて、聡子は依都を無視するように戸口に向かって歩きだした。

その態度は妙《みょう》に依都のことを恐怖《きょうふ》させた。襲撃《しゅうげき》で刃《やいば》を向けられたって怖《こわ》くはないのに、女特有の陰険《いんけん》な敵意には慣れなくて。

「そうはいきません。俺は彼女を愛していますから」

部屋をでていこうとする聡子の前に、ふいに長身痩軀《そうく》が立ちはだかった。

依都と聡子のあいだに悠臣が割って入っていた。怯《ひる》んでいたことも忘れて一瞬《いっしゅん》依都はどきりとして、しかしすぐに奥歯を嚙《か》みしめて照れを隠《かく》した。演技だと頭ではわかっていても、そう簡単に心臓というものは手懐《てなず》けられない。

「愛なんて存在しないわ。女の結婚なんて、絶対服従の中でどれだけましな家に嫁《とつ》げるかという運試《うんだめ》しじゃないの」

ぞくりとした。聡子の浮《う》かべた眼差しに殺意にも似た何かを感じたからだ。

しかしその矛先《ほこさき》は依都にではなかった。悠臣にだ。

いくら養子とはいえこれほどに剣吞《けんのん》な感情を向けられるものだろうか。違和感《いわかん》を覚えたが二人のあいだに何があったのかなんて依都には知るよしもない。はっきりしているのは、ここで引き下がっては美緒のために命を使うどころかさらにひどい目にあわせてしまうということである。

「そこをなんとかっ」

悠臣の盾《たて》によって何とか強気を取り戻《もど》した依都は、長身の背後からひょこっと顔を覗《のぞ》かせて食い下がる。

まさか言い返してくるとは思っていなかったらしい聡子が目を瞠《みは》って。しばらくすると重たい口を開いた。

「なら一週間後の〝十三夜会〟でラストダンスの相手に選ばれなさい。それができたら華族としても一流だと認めてあげます」

「……だんす？」

それは依都にとって二度目の死刑《しけい》宣告に等しかった。

聡子の言う〝十三夜会〟とは西洋の社交界デビューを真似《まね》て金持ち連中が開催《かいさい》している舞踏会《ぶとうかい》であり、初参加の令嬢《れいじょう》はデビュタントとしてダンスを披露《ひろう》するらしい。

そして当日、参加者の中で最も身分の高い男性がデビュタントの中から一人を指名し、ラストダンスを踊《おど》るのだとか。選ばれた女性は社交界でも一目置かれ、一躍《いちやく》時の人となるのだそうだ。

「……お前の辞書でワルツを引くと〝三拍子《さんびょうし》ごとに相手の足を踏《ふ》むこと〟とでも書いてあるのか」

「ご冗談《じょうだん》を。ワルツのワの字も載《の》ってません」

「この……」

離れに戻ってきた依都と悠臣は畳《たたみ》をはがして即席《そくせき》の洋室を急造すると、手を取りあってダンスの練習を始めていた。

なにせ依都は生まれてこの方ダンスなど踊ったことがないのだから。

練習しなければならないダンスは二種類。入場のポロネーズ（男女が手を取りあって一列に並び、途中《とちゅう》で相手を替《か》えながら踊るウォーキングダンス）とウィンナーワルツと呼ばれるペアダンスだ。

最初こそ手を繋《つな》ぐことすら恥《は》ずかしかったものの、練習が始まってしばらくするとそんなことは依都の頭から弾《はじ》け飛んだ。初めて履《は》く踵《かかと》の高い靴《くつ》、前に進んだと思ったら後ろに進む意味不明な挙動。しかもそれを向かいあった相手とぴったり真逆に踊らなければならない。そんな複雑怪奇《かいき》な並行《へいこう》作業をすぐにこなせるはずもなく、そして外面しかよくない悠臣が身内しかいない離れの一室で優《やさ》しく教え続けられるわけもなかった。

悠臣が踏みだした足を思いきり踏みつけたところで罵声《ばせい》が飛んだ。

「痛っ、次は後退だ馬鹿《ばか》」

「〝悠臣様が〟後退でしょ？」

「ちっがう。お前が後退するんだ。俺が右足を前にだし、お前はかわりに左足を引くんだ」

「初めっからそう言ってくださいよ。悠臣様がさがると思ったから踏み込んだのに」

「さっきから何度もそう言っている。ほら、仕切り直しだ。さん、に、」

「いち──って、うわっ、」

「また踏んだなっ。後退しながら左回りだろうがっ」

「後退しながら回るの怖い、前進しながら右回りがいい」

「わがままを言うな、そういう決まりだっ」

　こんな感じがかれこれ一時間。

　手を繋いだときめきなんてとっくのとうに失《う》せていた。

「なんでこんなことに……。没落したとはいえこれでも伯爵《はくしやく》家なんだから無条件で認めなさいよねまったく」

　ぶつぶつと文句をたれると悠臣が顔を渋《しぶ》くする。

「あの人の言いぶんもわからないでもない。特権階級を気取る連中は爵位しか持っていないから、そこに絶対の価値があると下々に思い込ませなければ淘汰《とうた》の対象になり得ると知っている。だから爵位のあるものだけを取り立てて〝爵位こそすべて〟という空気感を作らなければならないんだ」

「特権階級なんだから淘汰なんてされないでしょ」

「いや、一般人《いっぱん》のほうが数は多いんだ。彼らが知識をつければ由緒《ゆいしょ》だけにすがっている特権階級なんてすぐに滅《ほろ》ぶ。国王が処刑《しょけい》された異国での革命しかり、この国の御一新《ごいっしん》しかりな。西洋化の波はそのうち〝平等〟や〝実力主義〟ももたらすだろうから、新興勢力の成金に取ってかわられないようにやつらは躍起《やっき》なんだよ。しかしその流れはおそらく変わらない。俺ら《スパイ》はただ、それによって戦争などの理不尽《りふじん》が起きないように努めるだけだ」

「ふうん……」

未《いま》だ西洋化にすら追いつけていない依都にはあまり想像ができなかったが……悠臣にはすでにその先が見えているようだった。

特権階級は自分たちの優位性を保つために家柄贔屓《いえがらびいき》を行っており、爵位がないというだけで商談の席につけなかったり社交の場に呼ばれなかったりするのだという。その一例が今回の潜入《せんにゅう》対象である〝華族限定の船上パーティー〟なのだそうだ。

足もとから視線をあげて同じく足もとを見ている悠臣の顔を盗《ぬす》み見た。普段《ふだん》はたいそう偉《えら》そうで目的達成のために依都を利用することしか考えていない嫌《いや》なやつだが、悠臣は常に全神経を研《と》ぎ澄《す》ませて〝世界〟を見ている。その視野は起こりうる未来すべてにまで及《およ》んでいて、依都には知覚すらできないほどの遠い未来を左右してこの国にとっての最適な

〝明日〟を創《つく》っている。もしかしたら東堂園悠臣という男は、すごい人物、なのかもなあ……。

「ちなみに例の船上パーティーも華族なら誰《だれ》でも招待されるわけじゃないからな」

「えっ、そうなんですか？」

ぼけっと悠臣を見ていたら唐突《とうとつ》に目があってびっくりした。顔が熱い気がしたが悠臣は気づかなかったようで話を続ける。

「主催者《しゅさいしゃ》は権威《けんい》主義の象徴《しょうちょう》のような人物だからな。軍功華族などの新参者や没落華族などは招待されないんだ」

「じゃあ有栖川家はだめじゃないですか！」

有栖川家は没落も没落、銭《ぜに》によってお家を失うという不名誉《ふめいよ》な末路である。

「だからあの夜会を利用する」

「利用する？」

「そうだ。あの夜会でラストダンスに選ばれた令嬢は特権階級でも一目置かれ、必ず次の船上パーティーに招待される。つまりこれは継母《はは》を納得《なっとく》させられるうえに船上パーティーへの切符《きっぷ》も手にできる一石二鳥の作戦だ」

「……だからあんなにすんなりとお義母様《かあさま》の条件を呑《の》んだのねっ」

「当然」

悠臣のことだ、母親なんて簡単に切り捨てて問答無用で結婚《けっこん》しそうだと思っていたのに、そうしなかった理由がようやくわかった。〝美緒〟を買うと決めた時点で母親がだす条件を先読みし、それすらも利用するつもりだったのだ。何手先まで読んでいるのか、ときどきぞっとしてしまう。

「でも、だったらなんで美緒様を買ったんですか？　もっといいところの令嬢なら夜会という前段階を踏まなくてもよかったのに。ラストダンスに選ばれるかどうかも賭《か》けですし」

「前にも言ったが高柳確保の餌《えさ》にもなるからな。それに夜会に関しては心配していなかった。〝美緒〟は絶世の美女であり、ダンスが誰よりもうまいと聞いていたからな」

「うっ……」

確かに本物の美緒はダンスが抜群《ばつぐん》にうまかった。あれなら間違《まちが》いなく選ばれるだろう。

……そう思ったらなんだかむかむかしてきて依都は口を尖《とが》らせた。

「ならわたしが来た時点で別人を買い直せばいいものを。ダンスなんてできないってわかってたでしょ」

「お前にはお前の価値がある。そのデメリットを凌駕《りょうが》するほどのな」

「え……」

思わず目を丸くして固まった。物珍《ものめずら》しいから面白《おもしろ》がっているだけだと思っていた。

「ただそれはそれ、これはこれだ。忍《しの》びならダンスくらいさっさと身につけてみせろ」

「むちゃくちゃな！」

「スパイならできるが？」

「ぐぬっ……！」

やはりただの暴君ではないか。ほんの少しでも悠臣をすごいと思った自分が憎《にく》かった。

「わかったわよ、さがればいいんでしょさがれば！」

依都はこれでもかというほどの大股《おおまた》で後退してみせた。これなら間違っても悠臣の足を踏まないだろうと思って。

しかし悠臣の想定を大きく上回る後退だったのか、悠臣のほうが追いつかなかった。

「あれっ？」

重力に引っ張られて依都は背中から床《ゆか》へと突《つ》っ込んだ。

悠臣が依都を抱《だ》き寄せつつ左足を軸《じく》に半回転した。天井《てんじょう》を向いていた依都の視界が反転し悠臣の肩越《かたご》しに床を見る。

次の瞬間《しゅんかん》には、悠臣を押し倒《たお》すような格好で床に倒れていた。

下敷《したじ》きになった悠臣は背中を思いきり叩《たた》きつけ、一時苦悶《いっときくもん》で顔を歪《ゆが》めて。

しまった、また怒鳴《どな》られる――。

「……無事か？」

痛みを堪《こら》えて悠臣が問うた。

「え、あ……まあ」

馬鹿とか阿呆《あほう》とか猿《さる》のくせにどんくさいとか、そんな罵倒《ばとう》が飛んでくると身構えていた依都は拍子抜《ひょうしぬ》けである。

悠臣の顔が目の前にあった。依都の頰《ほお》に手を伸《の》ばし、親指の腹でそっと撫《な》でた。くすぐったくてわけがわからなくて、依都は耳まで真っ赤になる。

「真っ赤だな」

「そ、そう思うのなら離《はな》してください」

「お前は赤がよく似あう。あの着物も似あっていた」

「あの？」

「曼珠沙華《まんじゅしゃげ》の花。一瞬見惚《みほ》れて動けなかった」

そのまま、首筋を摑《つか》まれて引き寄せられた。悠臣の胸にぽすんと落ちる。逃《に》げようにも押さえつけられていて身動きが取れない。普段は一切《いっさい》体温を感じられないというのに、今は悠臣のほうが自分よりも熱っぽい。

悠臣の長い指が依都の顎《あご》を持ちあげて、形の綺麗《きれい》な唇《くちびる》が口元まで迫《せま》ってきて。

思わずぎゅっと目をつぶり、依都は身体《からだ》を硬直《こうちょく》させた。

そのまま一秒、十秒、一分――。

何も起こらなくて。

自分の下で悠臣の身体が小刻みに震《ふる》えていることに気づき、ようやく依都はうっすらと目を開けた。

悠臣が俯《うつむ》いて堪えるように笑っていた。

「えっと……？」

「忍びのくせに騙《だま》されやすいなあ」

悠臣が上体を起こして座り込み、身体をくの字に折り曲げてくつくつと笑う姿を見て、依都の頭にかあっと血がのぼった。

またか！

挨拶《あいさつ》に行く前といい、悠臣は完全に依都を玩具《おもちゃ》にして面白がっている。

「あー笑った。よし、じゃあ練習を再開する」

立ちあがりながらお気楽に悠臣が言った。座り込んでいる依都のところまで歩いてきて
「本当にお前はからかい甲斐《がい》のある」と独りごちたところで依都の堪忍袋《かんにんぶくろ》の緒《お》が切れた。

立たせようとした悠臣の手をはたき返して、

「やだ」

「何を拗《す》ねてるんだお前は。ほら立て」

「やだ」

「下手《へた》くそなんだからわがままを言うな」

引っ込めた手を、悠臣が無理矢理《むりやり》に摑もうとした。

「やだったら！」

ぽんっ。

悠臣が摑んだのは丸太から伸びた枝だった。あっけにとられているうちに依都は跳躍《ちょうやく》。梁《はり》に飛び移って悠臣のことを睨《にら》みおろす。

「……あのなあ」

悠臣が脱力《だつりょく》して座り込んだ。丸太を膝《ひざ》に抱《かか》えて顎を乗せ、呆《あき》れた顔でこちらを見あげる。

「逃げてもうまくならないんだぞ」

豆腐《とうふ》に鎹《かすがい》を打っているような気になった。依都のかんしゃくの理由をさっぱりわかっていない顔をしてこちらが降りてくるのを待っている。きっと悠臣にとってはたいしたことではないのだろうし、だからこそ依都がどれほど怒《おこ》っているのかが想像できない。しかし説明をしようものならこれが依都にとっての大事であるとばれてしまう。〝純情をもてあそぶな〟なんて言うこと自体も恥《はじ》であるし負けを認めるようで言いたくない。

「だ、だからスパイは嫌《きら》いなのよ！」

「何？」

「人の情というものがまるでないからそうやって他人をもてあそんで楽しめるんだっ。効率化という言い訳を盾《たて》にして不忠義を正当化する不埒《ふらち》者めっ」

一度堰《せき》を切った言葉は止まらなかった。本当の気持ちは隠《かく》したくて、しかし何か言って
やらなければ気は収まらなくて。結果飛びだしたのは積年で募《つの》った悪態だった。
「こちらからすれば忍びというのは忠義という言葉で視野が狭《せま》くなっている、大局を見る
ことのできない単細胞《たんさいぼう》的な存在だがな」
「なんですって、主《あるじ》のために死ぬ覚悟《かくご》もない弱虫のくせに」
売り言葉に買い言葉。気づけば依都の言葉は自分でも制御《せいぎょ》できない範囲《はんい》にまで墜《お》ちてい
る。
しかし鋭《するど》い刃《やいば》を投げたなら、それ相応の反撃《はんげき》はあるもので。
「死ぬことがそんなに偉《えら》いのか」
人斬《ひとき》りが繰《く》りだす必殺の一刀のような鋭い口調で依都のことをばっさりと切り裂《さ》いて。
自分から始めたくせに逆襲《ぎゃくしゅう》を受ける可能性なんて頭からすっぽりと抜けていた依都は、予
想外の反撃《カウンター》に頭が真っ白になってしまう。何も言えずに固まっているうち、悠臣は振《ふ》り返
ることもなくでていってしまった。
「……なに、よ、それ。なんなのよまったく！」
一人残された依都はといえばもう誰《だれ》もいなくなった廊下《ろうか》に向かって悪態をつくことしか
できなかった。
「逃げたってことは負けを認めたのと同義だわ。ざまあみろ」

正当化は正当化を生むもので。依都は重ねてどす黒い言葉を吐《は》き続けた。

あーせいせいした。やっぱりスパイというのは忍びに比べて劣《おと》っている。逃げたことが何よりの証拠《しょうこ》だ。もう少し悠臣に根性《こんじょう》があればもっと思い知らせてやったのに……言葉を重ねるたびに心臓へぽたりぽたりと黒いインクが落ちていくような気がした。そこに何が書いてあったのか黒く塗《ぬ》りつぶされてしまったせいで、もう判別ができなくなっている。

自分は今、何を失ってしまったのか。読めないことで急に不安が押し寄せた。

「……うん、悠臣様が全部悪いな」

だからそういうことにして、依都は梁から飛び降りた。

「嫌いだ、スパイなんて」

悠臣が消えた廊下に向かって吐き捨てた。当然返事はないのだが、依都自身も持て余している複雑な感情がざわついて、もう何も見えない廊下の先をしばらく眺《なが》めていた。


悠臣と入れ替《か》わりに柏木がやってきて指導役は交代となった。しかし依都は完全にやる気を失っており、大の字に寝《ね》そべって天井の木目をぼうっと数えている。

「あの、夜会以外で嫁《よめ》と認められる方法は本当にないんですか？　たとえばお義母様《かあさま》と趣味《しゅみ》を通じて仲良くなるとか」

ダンスを習得できる気がまるでせず、依都はとうとう現実逃避《とうひ》を始めた。

「難しいと思いますよ。悠臣様のことを聡子様はよく思っていないので、その妻である美緒様とも馴《な》れあいを避《さ》けるかと」

「確かに、あの殺気は異常だったな……」

挨拶に行ったとき、聡子が悠臣に向けた鋭利《えいり》な視線が気になった。

「あんな性格だから母親にも嫌われるのよ。そのせいで嫁であるわたしにもきつくあたるに違《ちが》いない」

何があったのかは知らないが、悠臣と聡子が不仲なせいで自分がこんなとばっちりを受けていると思うとますます苛立《いらだ》ちが増してくる。

依都がぼやくと、脱《ぬ》ぎ捨てられたヒールを磨《みが》きながら柏木が苦笑《くしょう》した。

「うーん……性格は関係ないと思いますけどね。聡子様の前では好青年を演じてますし」

「じゃあどうしてあんなに嫌われてるんですか」

「ええっと」

「言わないと真面目《まじめ》に練習しませんよ」

声を低くして脅《おど》すような口ぶりで言った。柏木が気まずそうにそらした視線が再びこちらを向く。しばらく逡巡《しゅんじゅん》するように口を開閉させてから、

「……直接聡子様に訊《き》いたわけではないので、憶測《おくそく》の域をでませんが」

と前置きをして話しだした。

「おそらく悠臣様の生みの母、エリザ様に関係しているのかと」

「エリザ……やっぱり悠臣様のお母様は異国の方なのですね」

「ええ。そしてそれが聡子様の悲劇の始まりなのです」

「どういうこと？」

「悠臣様のお父上、弥太郎様とエリザ様は恋仲《こいなか》でしたが、異国人との恋愛《れんあい》がよく思われないのは美緒様もご存じでしょう？」

「まあそれくらいは」

西洋文化が流れ込むことによってこの国は確かに豊かになった。しかしそのことと、異国人をこの国に入れることとは話が別である。特に普通《ふつう》以上に血筋や家柄《いえがら》を気にする華族《かぞく》社会では異国人との結婚《けっこん》は風当たりが強い。

そんな華族社会の仲間入りをしたい東堂園家において、弥太郎とエリザの結婚は到底《とうてい》認められるものではないだろう。

「弥太郎様のお父上、つまり悠臣様の祖父は、この国の人間と結婚するまで弥太郎様の出国を禁じました。エリザ様に会いたかった弥太郎様は、それで仕方なく幼馴染《おさななじ》みであり同じ商家の生まれでもあった聡子様とご結婚なされたのです」

「つまり聡子様は愛人に会う条件を満たすために嫁《とつ》がされたってこと？」

「そのとおりです。おそらく悠臣様を見るたびにそのことを痛感させられるのでしょう。エリザ様より先にお子を授《さず》かったことでいったんは溜飲《りゅういん》がさがりましたが、結局はその方も亡《な》くしてしまいましたし」

「成る程《ほど》」

聡子はすでに息子《むすこ》と娘《むすめ》をそれぞれ亡くしており、養子の悠臣を除くと子どもは現在十二歳の男子だけだ。悠臣が呪《のろ》い殺しているというのは単なる噂《うわさ》でしかないと思うが、エリザの件もあって憎《にく》んでいるのなら納得《なっとく》がいく。

だとすると……趣味を通じて聡子に取り入り、嫁として認められるのは無理そうである。

「……柏木さん、喉《のど》が渇《かわ》いちゃったんですけど」

天井《てんじょう》を見据《みす》えたまま、微動《びどう》だにせずに依都が言う。もう一歩も動く気がないと悟《さと》った柏木が苦笑した。

「ではお茶にしましょうか。ご用意致《いた》します」

柏木が部屋をでていき……足音が遠ざかるのを待ってから依都は起きあがった。こっそりと離《はな》れを抜けだすと本邸《ほんてい》を目指す。

趣味友作戦もラストダンス作戦も無理ならば——聡子の部屋に忍《しの》び込み、弱みを握《にぎ》って脅すほうが早そうだ。

依都は開いていた二階の窓へと木伝いに忍び寄り、人目がないことを確認《かくにん》して潜《もぐ》り込んだ。入った部屋は運よく無人だったので、天井の板を一枚剝《は》がして天井裏を移動する。

いくらか進んだところで聡子の部屋へとたどり着いた。耳を澄《す》まして室内が無人であることを確認すると、板を剝がしてするりと飛び降りる。

室内は長椅子《ながいす》にくわえて西洋式ちゃぶ台（名前は知らないが脚《あし》の短いやつ）とベッド、簞笥《たんす》に鏡台、姿見……とあまり物がなかった。

人は弱みを隠《かく》しておきたいものである。天井裏には何もなかったし、歩いた感じ床下《ゆかした》にも仕掛《しか》けはない。となると……。

ベッドの周囲をまさぐって、ばね入り布団《ぶとん》の下に何かあるのを依都は発見した。引っ張りだすとそれは数冊の書きつけだった。表紙には日記と書いてある。

「日記かあ……。王道だけど、意外と何もなかったりするんだよなあ」

もし何かあるとするならば――依都は六年前の日付に絞《しぼ》ってぱらぱらとめくった。

六年前、当時十六歳だった悠臣が東堂園家の養子となった頃《ころ》である。

「あった、悠臣様が養子になると決まった日の日記……『あの女が息子を残して死んだらしい。東堂園の血を引いている以上放《ほう》ってもおけず、仕方なく養子にすることとなった。その子には立派な華族の嫁を取らせ、今度こそ命にかえても守らなければ』……うわ、どこまで華族に固執《こしつ》してるのよ、怖……」

まさか六年前から華族を嫁に取ろうと決めていただなんて。依都は辟易《へきえき》して渋面《じゅうめん》を浮《う》かべた。守るというのはおそらく東堂園家のことだろう。華族との繋《つな》がりを持つことでお家をさらに繁栄《はんえい》させたいということか。

一般《いっぱん》人からすれば家柄だけの華族なんかよりも億万長者の東堂園家のほうがよほど雲の上の存在なのだから、社交界に媚《こ》びを売ってまでその仲間入りを果たさなくてもいいものをと思ってしまう。

「とはいえこれは脅迫《きょうはく》の材料にはならないし……。他《ほか》に何かないのかしら？」

そこからもぱらぱらとページをめくるが、日記からは弱みになりそうなものは見つからなかった。

しかし……〝命にかえても〟という部分は忍びの本懐《ほんかい》とも通じるものがあり、そこだけは少し共感してしまった。だからといって聡子への手を緩《ゆる》める理由にはならないが。主君の安全を第一とするならば、嫁として認められないと困るのである。

そっと日記をもとに戻《もど》すと、依都は諦《あきら》めきれずに家捜《やさが》しを続けた。


『日記かあ……。王道だけど、意外と何もなかったりするんだよなあ』

片耳に押し当てていたヘッドホンからそんな声が聞こえて、悠臣は深い溜《た》め息をついた。

どうやら嫁は練習をするよりも楽をすることにしたらしい。それ自体を咎《とが》めるつもりはまったくないが、スパイのことを効率重視と罵《ののし》ったのはどの口か。

「なんです、この便利な機械は」

悠臣とは逆のイヤパッドを耳に当てながら早乙女が問う。

ボタンやダイヤル、メーターなどがたくさんついた背負い箪笥ほどの大きさの箱にヘッドホンが繋がっていた。

「うちの軍需品将校《Quartermaster》……Q《キユウ》が開発した盗聴器《とうちようき》という機械だ。仕掛けた場所の音をこの通信機が拾うことで会話などを盗《ぬす》み聞きすることができる」

「へえすごい。で、これはどこに仕掛けてあるんです？」

「あの忍びの着物だ。さっき転んだときに抱《だ》き寄せるふりをして衿《えり》に仕込んできた」

「うわー極悪人《ごくあく》」

「何とでも言え」

Qは情報局が懇意《こんい》にしている技術者のコードネームである。名前の由来は異国の諜報《ちようほう》機関にある同じ名前の技術開発部であるが、うちの場合は部署ではなくたった一人の天才を指す。情報局が使う近未来的なスパイグッズはすべてQが開発していた。

「それにしてもあいつ、本当に天才なんですね。実用化されたばかりの音声通信をこんな風に使うだなんて」

「あいつは一人で科学技術を四十年は押しあげるからな。惜《お》しむらくは金にしか目がないところだが、おかげでうちも極秘裏《ごくひり》に依頼《いらい》ができて助かっている」

日記を読んでいた嫁《よめ》の声がやんだ。しばらくして落胆《らくたん》したような台詞《せりふ》が聞こえる。

『とはいえこれは脅迫の材料にはならないし……。他に何かないのかしら？』

日記を閉じる音、箪笥を引っかき回す音、落胆の溜め息……聞こえてくる音声によって嫁が完全にダンスを諦めて弱み探しに躍起《やっき》になっていることがひしひしと伝わってきた。

悠臣はすっ、と目を細め、険しい顔立ちになると独りごちた。

「さて……この不真面目《ふまじめ》な嫁は、いったいどうしたらいいものか」


初日以来、結局一度も悠臣が練習にやってくることはなかった。とはいえ依都も日中は練習以外のことでかなり忙《いそが》しくしていたため、正直言ってそれはありがたかった。

そんなこんなで、とうとう依都は夜会当日の夜を迎《むか》える。

仕事が忙しいという理由で悠臣とは会場で落ちあうこととなり、依都は聡子につれられて帝都《ていと》にそびえる迎賓館《げいひんかん》——〝月見館〟へと足を踏《ふ》み入れた。

主催者《しゅさいしゃ》である富裕《ふゆう》層の親睦《しんぼく》団体は〝月見会〟と呼ばれているが、それはこの館《やかた》にちなんで名づけられたらしい。

月見会は月の満ち欠けを冠《かん》した舞踏《ぶとう》会を年に数回開催しているが、良家の子女が社交界デビューを果たす舞踏会は十三夜に行われるため〝十三夜会〟と呼ばれている。満月から少し欠けている十三夜の月は、まさに社交界デビューを果たす未完成の淑女《しゅくじょ》にふさわしいという理由でこの日が選ばれた。

……という話を、聡子は道中の車内で延々と聞かせた。

会場について最初に行うのは、その日に出席する中で最も身分の高い人物——すなわちラストダンスのお相手への謁見《えっけん》である。

本場の社交界デビューでは国王に謁見することで一人前の淑女として認められるのだが、この会は所詮《しょせん》お遊びであるので招待されるのは主に皇族や公爵《こうしゃく》家の人間であるらしい。

十三夜会の日、デビュー予定の令嬢《れいじょう》は一目見てそれとわかるように白いドレスを身につけることとなっている。

「これで……あってる？」

支度《したく》用にあてがわれた一室で道中乱れたドレスを整えてみたはいいものの、ドレスどころか洋装すらしたこともない依都には格好の正解がわからない。助けを求めて月見館が用意した侍女《じじょ》に視線を送るも、まるで見えていないかのように素通《すどお》りされてしまう。

白亜《はくあ》色のドレスには袖《そで》がなく、その露出《ろしゅつ》の多さに顔から火がでそうだった。とはいえ上品なデザインだったので何とか羞恥心《しゅうちしん》に耐《た》えて着ることができている。

……このドレスが高価なことは火を見るよりも明らかだった。おそらくこの会場にいる誰《だれ》よりも。羨望《せんぼう》、嫉妬《しっと》、そして成金を軽蔑《けいべつ》するような視線が至るところから注がれている。

（歓迎《かんげい》されるわけないか……）

諦めて依都はぎくしゃくしながらもロンググローブとヴェールを自ら身につけて、

「これでいいでしょうか……？」

ついたての向こうで待っている聡子へと声をかけた。

「ヴェールが曲がっているわよ」

目があうなり苦笑《くしょう》して、依都を鏡の前へと連行した。そこに映っていた姿はお世辞にも着こなしているとは言えないものだった。ドレスにはよれて皺《しわ》ができ、ヴェールも明後日《あさって》の方向に曲がってしまっている。

「貸しなさい」

依都の背後に回ると聡子はドレスの緩みを張っていった。ずり落ちていたロンググローブはしっかりと伸《の》ばし、ヴェールに至っては一度外してからつけ直す。

聡子が全体を整えるとたちまち令嬢らしい姿となったので依都は感心してしまった。

「これでよし。素敵よ、鈴鹿《すずか》」

最後に腰《こし》のサッシュベルトを結び直して、聡子がぽんっと背中を叩《たた》いた。ひょこっと顔をだして鏡越《ご》しに笑いかける。自然な動作だった。

依都は少し驚《おどろ》いて鏡越しに目をあわせた。聡子は途端《とたん》にはっとした顔になり慌《あわ》てた様子で目をそらす。

鈴鹿……もしかしてこのドレスは、聡子の亡《な》くなった娘《むすめ》のものかもしれないと思った。

部屋をでると悠臣が待っていた。白いドレス姿が多い中で陸軍の大礼服を纏《まと》っている悠臣はいつも以上に目立っていた。

一瞬《いっしゅん》目を見開いたような気がしたが、すぐにいつもどおりの〝愛妻を愛《め》でる美丈夫《びじょうふ》〟の笑《え》みをたたえて近寄ってくる。もちろん聡子や周囲に対する偽装結婚《ぎそうけっこん》用のアピールだ。

「謁見の間までエスコートしよう」

「……お願いします」

依都にとってはうさんくさい台詞を言って悠臣が腕《うで》を差しだすと、たちまち周辺の令嬢から黄色い歓声があがった。依都も当事者でなければあの輪に交じってはしゃいでいたかもしれないが……悔《くや》しいのですまし顔を取り繕《つくろ》う。

謁見の間は二階なので悠臣につれられて階段をのぼる。聡子はそのあとに続いた。

「もっと喜んだらどうだ。婚約者だろう？」

依都にだけ聞こえる声で悠臣が囁《ささや》く。

「嫌《いや》です」

別に恋愛《れんあい》結婚を装《よそお》う必要はないのである。主君の命ならば無条件に従うが、銭《ぜに》働きの場合は契約《けいやく》外のことはしないというのが忍《しの》びの基本だ。

そもそも依都はまだ練習初日の件を許してはいない。

「俺はここまでだ」

謁見の間についたところで悠臣が言った。挨拶《あいさつ》にはデビュー予定の令嬢とその女親しか入れない。依都の（というよりは美緒の）親はすでに他界しているので、今回は聡子が代理を務めることになっていた。

悠臣が腕をほどいた瞬間、依都は猛烈《もうれつ》な心細さを覚えた。

これは初めての仕事であり、なのにたった一人で敵地に乗り込まなければならないのだと今さらながらに自覚したからだ。

失敗すれば主君の命が危《あや》ういのに、それをかばってくれる人はいない。なにせ唯一《ゆいいつ》の味方とは現在喧嘩《けんか》の真っ最中だ。今なら問答無用でとかげの尻尾《しっぽ》のごとく切られてしまう。

俯《うつむ》いてつま先を見つめたまま、依都は動けなくなってしまった。

頭上から嘆息《たんそく》が聞こえたのはそのときだった。

「頑張《がんば》ってこい」

悠臣の手が耳にかかり、引き寄せると同時に顔をあげさせられた。額に柔《やわ》らかい感触《かんしょく》が触《ふ》れる。周囲から熱っぽい声があがって、額に口づけされているのだと気づいた。

「なっ……」

抗議《こうぎ》しようにも喉《のど》がすぼまって声がでなかった。絶句しているうちに悠臣はにやりと笑って。我《われ》に返ったときにはすでに長身は悠々《ゆうゆう》と階段を下っている。

あとに残されたのはきゃあきゃあと喚《わめ》く観衆と、息子夫婦《むすこふうふ》（仮）の惚気《のろけ》を見せられて冷ややかな目を向ける義母である。

い、いたたまれない……。

「さ、さあ行きましょうかお義母様《かあさま》！」

その場の空気に耐えきれなかった依都は、図《はか》らずも義母の手を取って謁見の間まで進まざるを得なくなった。

入室する間際《まぎわ》、廊下《ろうか》の端《はし》に立つ令嬢集団が目に入った。この生ぬるい空気の中で彼女たちだけは冷めた目をしてこちらを見ており、何かをぼそりと呟《つぶや》いた。声は聞こえなかったが読唇術《どくしん》ができる依都にとってはそれは些末《さまつ》なことだった。

〝美緒さんも大変ね。ご両親を早くに亡くされて、付添《つきそい》がこんな人しかいなくて〟

一人の令嬢が嘲笑《ちょうしょう》を浮《う》かべて囁いた。

どういう意味だろう。気になったものの、すでに謁見の間に一歩踏みだしていた依都は戻《もど》ることもできず。

そのまま任務へと思考を切り替《か》えると、疑問はすぐに流れていった。

「有栖川伯爵《はくしゃく》家ご息女、美緒様と東堂園聡子夫人」

入り口に控《ひか》えていた男が高々と宣言した。呼ばれた依都は緊張《きんちょう》した面持《おも》ちで上座に座る男の前へと進みでる。

豪奢《ごうしゃ》な椅子《いす》に座っていたのはまだ若い男性だった。近衛騎兵《このえきへい》の大礼服を纏うその男性は二十代半ばほどに見えたが、階級を示す金線を見るにその若さで少佐《しょうさ》の地位にあるらしい。本日、主催者によって担《かつ》ぎあげられた傍系《ぼうけい》皇族、藤典宮鷹英王《ふじつかさのみやたかひでおう》が柔和《にゅうわ》な笑みを浮かべて依都を迎えた。

この人が今回の籠絡目標《ターゲット》か。思っていたよりもお人好《よ》し……もとい優《やさ》しそうな人物だった。

依都は何度も練習したように、膝《ひざ》を折って西洋式のお辞儀《じぎ》をする。

「君が悠臣の婚約者だね」

そんな声をかけられて、依都は目を丸くして訊《たず》ね返した。

「悠臣様をご存じで？」

「近衛騎兵隊の部下だよ。僕が大隊長で彼が中隊長」

「成る程《ほど》……」

表の仕事の上司だったか。

どうりで同じ大礼服を着ていると思った。妙《みよう》に納得《なつとく》していると背後から咳払《せきばら》いが聞こえた。聡子である。意訳するならば〝口調には気をつけろ〟だろうか。

慌てて口をつぐんだが、鷹英は気にしていないのか微笑《ほほえ》んでみせた。

「今日のダンス、楽しみにしているよ」

「ありがとうございます」

再び頭《こうべ》を垂れると横にはける。

背後に控えていた聡子も頭をさげると、二人は並んですまし顔をして、謁見の間をあとにした。


ダンスのこと、すっかり忘れてた……！

支度《したく》部屋に戻った依都は真っ青な顔をして立ち尽《つ》くしていた。聡子の弱みを握《にぎ》ることばかりを考えていて、いつの間にか挨拶をすれば終わりのような気になっていた。

「結局弱みも握れていないし、これは詰《つ》んでいるのでは⁉」

「さっきから何をぶつぶつと言っているの。ダンスホールへ移動しますよ」

「あの、そのことなんですけどっ」

部屋をでていこうとする聡子を呼び止める。ダンスホールの前には悠臣が待っている。ついてしまってはもう踊《おど》ることを避《さ》けられない。

しかし振《ふ》り向いた聡子になんと言えばいいのか思いつかなかった。恥《はじ》をかく前に正直に話して別の方法に変えてもらうか。それとも一か八《ばち》か鷹英のもとへ忍び込んで懇願《こんがん》してみるか。人がよさそうだったし事情を話せば依都をラストダンスの相手に選んでくれるかもしれない。

いやいっそのこと聡子を脅《おど》して結婚を認めさせるか――。

物騒《ぶっそう》な考えを思い浮かべながら廊下にでると、壁《かべ》にもたれかかってこちらを見ている令《れい》嬢《じょう》がいた。向けられている冷めた視線にはなんとなく見覚えがあったがどこの誰《だれ》だかは思いだせない。依都と同じく白いドレスにヴェールを身につけているので今日デビュー予定の令嬢だということはすぐにわかった。

くすくすくす……。

何がそんなにおかしいのかしきりに笑っている令嬢を見ていたら、次の瞬間には視界が真っ暗になっていた。

「!?」

羽交《はが》い締《じ》めにされて目と口を大きな手で覆《おお》われた。おそらく男の手だ。視界を奪《うば》われる寸前、最後に見たのは依都同様に拘束《こうそく》される聡子の姿。

自分だけが標的じゃない？

力が強くて振りほどけない。もがいているうち、何やら薬品を含《ふく》んだハンカチで鼻と口を覆われて、すぐ近くで聡子が倒《たお》れる音がして。

依都が瞼《まぶた》を閉じたのはそれからまもなくのことだった。


「お嬢様っ。これは誘拐《ゆうかい》ですぜ⁉」

「当たり前じゃない。わたしはお茶に誘《さそ》えと命じたかしら？」

「いや、薬で気絶させて物置に閉じ込めろって……」

「わかってるのなら黙《だま》って運びなさいよ！」

俵のように担がれて、依都はうろたえる大男と令嬢の会話を聞いていた。

毒には耐性《たいせい》のある依都である。どうやら義母が意識を失ったらしい音がしたので、怪《あや》しまれないように自分も効いているふりをしながら次の一手を考えていた。

右、左……階段を降りたからここは地下か。また右に曲がって今度は直進――。

きい……。

ドアの開く音がして、どさりと依都は床《ゆか》に降ろされた。猿《さる》ぐつわと目隠《めかく》しをされ両手は背中で縛《しば》りあげられている。もう一度どさりという音がしたがこちらは聡子だろう。依都がこの状態ならばきっと聡子も同じように拘束されている。

曲がった回数、移動速度、男の歩幅《ほはば》から計算して、現在地は右翼《うよく》地下のリネン室だとあたりをつける。

さらわれたのが依都だけならば嫁入《よめい》り初日と同様に〝高柳〟関連の可能性が一番高いが、今回は聡子も一緒《いっしょ》である。見られたからついでにさらったか？　他《ほか》に考えられるのは身の代金《しろきん》目的の誘拐や東堂園家に対する怨恨《えんこん》、商業スパイによる画策などだが。

「う……ん」

小さな呻《うめ》き声があがり「あら起きたの？」と令嬢が歩み寄る足音が聞こえた。聡子が起きたようで慌《あわ》てて依都も「うーん」と目が覚めたふりをする。

「おはよう、成金ご一行」

令嬢が依都と聡子の目隠しを外し、それぞれと視線をあわせてからにこりと微笑んだ。

令嬢の背後には背丈《せたけ》二メートルはあろうかという大男がいる。令嬢に対して呆《あき》れた眼差《まなざ》しを向けつつも諫《いさ》めるつもりはないようだった。

「んんっ、んぐ、ぐうぅ」

聡子が何かを言おうとするが猿ぐつわのせいで言葉にならない。

「うるさいわね。ダンスが終わるまで大人しくしていなさいな。商家出の母と没落華族《ぼつらくかぞく》なんてこの夜会にはふさわしくないのよ」

まさか……そんな理由でさらったの？

予想外の展開に依都の目は丸くなった。つまりこの令嬢は自分がデビューする夜会の格式を維持《いじ》するために、異分子である商家出の聡子と没落華族の美緒を閉じ込めたのだ。

悠臣から特権階級は爵位や家柄《いえがら》に固執《こしゅう》すると聞いていたがこれほどまでとは思わなかった。

「まあいいわ、大声だしても。地下でいくら騒《さわ》ごうが楽団のおかげで届かないし」

令嬢が聡子の猿ぐつわを外しくすりと笑った。

「ねえ今どんな気持ち？　せっかく社交界に殴《なぐ》り込みをかけたのにまた無駄《むだ》になったわね」

「千華子《ちかこ》さん、あなた鈴鹿だけじゃ飽《あ》き足らずこの子まで潰《つぶ》そうっていうの」

「言っておくけどあれは事故だからね。おかげで兄の戸籍《こせき》が汚《よご》れずに済んだけど。金に卑《いや》しい成金風情《ふぜい》が、わたしたちにちょっかいをかけるからそうなるのよ。せいぜいそこで指をくわえて見てなさい」

ファンファーレが聞こえた。入場のポロネーズを踊るため、デビュタントたちに列の形成を呼びかける合図である。

「もう行かなくちゃ。じゃあね」

ぶりっとした仕草でもったいぶって手を振って、千華子は部屋をでていった。去り際《ぎわ》大男に対して「きちんと見張っておきなさい」と命じることも忘れない。

一人残された大男は、千華子が消え去った戸口からこちらに視線を戻《もど》してにたにたと下卑《げび》た笑《え》みを浮《う》かべた。何かを考えるように石造りの床を眺《なが》めたあと次にリネンの山を見る。

「石の上じゃ痛いからな……」

などと呟《つぶや》き、男はこちらに背を向けてリネン類を漁《あさ》りだした。

どうする……依都は瞬時《しゅんじ》に周囲へと視線を走らせた。聡子さえいなければこんな拘束は早々に解いて男をのしてしまうのだが、そんなことをすれば美緒が淑女《しゅくじょ》ではないと聡子にばれてしまって任務《ミッション》失敗だ。

「だから言ったのよ」

めいっぱい思考を回転させていた依都の耳にぼそりと呟く聡子の声が聞こえた。

「半端《はんぱ》な家柄で足を踏《ふ》み入れるとろくなことがないわ。誰も手だしができないような完璧《かんぺき》な令嬢でなければ……。痛い目を見るのは娘《むすめ》のほうなのだから」

完璧な令嬢——聡子は日記にも〝華族の嫁を〟と書いていた。やはりどこまでも上流階級に固執するのか。

(ん……？)

しかしその口ぶりにどこか違和《いわ》感《かん》を覚えて、依都はふがふがと口を動かすと猿ぐつわを外した。

「あの令嬢は誰なんですか？」

聡子は一瞬驚《おどろ》いたような顔をしたが、猿ぐつわの結び目が甘かったということにしたのかそこまで気にせずに返答した。

「武笠公爵《ぶりゅうこうしゃく》家の一人娘、千華子さんよ」

「ぶりゅ……こ？　えっと、その……ぶりっ子さんと」

「ぶりっ子ってあなた、緊張感《きんちょうかん》がないわね」

「すみません、名前が難しくて」

あまりにも派手な名前だったのでどうしても頭に入ってこなかった。

「で、そのぶりっ子さんと鈴鹿さんには何かあったんですか？」

依都がそのまま問いかけると、緊張するのも馬鹿《ばか》らしくなったのか聡子は呆れた表情を浮かべて答えた。

「鈴鹿はわたしの娘で、武笠家の三男と婚約《こんやく》していたわ。……入籍《にゅうせき》前に川に落ちて死んでしまったけれど」

娘が死んでいることは知っていたが、二人の口ぶりが気になった。事故だと強調し、また身分の低いものを排除《はいじょ》しようとする千華子。そして〝半端な家柄で足を踏み入れるとろくなことがない〟とぼやく聡子。それらを総合して察するに、

「失礼ですが自殺ですか？」

「本当に失礼ね」

「ろくなことがないと言っていたので。もしかして家柄を理由に公爵家でいじめられて、それを苦に……とか」

「……正直な話、わからないの。川で溺《おぼ》れたことは事実だけれど、それが自ら入ったのか、足を滑《すべ》らせて落ちたのか。一つ言えることは、武笠家ではあまりいい扱《あつか》いを受けていなかったということよ」

口ではわからないというわりに、聡子は奥歯を噛《か》みしめて苦々しい顔をしている。心証としては自殺だと思っているのだろう。

そのときふと、日記の内容が頭に浮かんだ。

〝今度こそ守らなければ〟の〝今度こそ〟とはどういう意味だったのだろう。それから先ほど言った〝痛い目を見るのは娘のほうなのだから〟の意味も気になる。

もしかして守る対象は、東堂園家ではなく悠臣とその嫁だったのではないか。

だから今回、夜会への参加を命じたのでは。

中途半端な家柄の娘が東堂園家に嫁《とつ》いでは、社交界で爪弾《つまはじ》きにあい鈴鹿の二の舞《まい》になってしまうから。それを依都に知らしめて結婚を諦《あきら》めさせるために、聡子がこの場を選んだとしたら。

つまりは全部、悠臣と依都を守るためで――。

「あ、てめえ何猿ぐつわ外してんだっ」

数枚のシーツを抱《かか》えて男が戻ってきた。聡子がびくりと身構える。男はシーツを投げだすとやれやれといった様子で依都の顔を覗《のぞ》き込んで、

「どうやって外したんだよ。これだから没落華族は品がねぇ。まあ強欲《ごうよく》で卑しい成金風情にお上品を期待するほうが間違《まちが》ってるが」

けらけらと笑って言った一言に、依都は何故《なぜ》だかかちんときた。

「家柄がいいことがそんなに偉《えら》いことなの？」

「あ？」

「努力がお金という形で現れることがそんなに卑しいこと？　従業員を抱える以上、路頭に迷わせないように損得勘定《かんじょう》が働くのは仕方のないことだわ。それを強欲と否定して蔑《さげす》む人のほうがよほど品がないと思うけど？」

言いながら依都は、もしかしたらスパイという仕事も同じなのかもしれないと思いはじめていた。効率重視と揶揄《やゆ》したあれは、従業員《国民》のために最小の投資で最高の利益《世界平和》をもたらすためで。その西洋的なやりくちを薄情《はくじょう》だという考えは拭《ぬぐ》いきれなかったけれど、指摘《してき》されてようやく気づいた。それは一つの、忠誠の示し方かもしれないと。

「何を言うかと思えば」

しかし男は、依都の言葉を聞いてもなお鼻で笑った。

「華族に列せられるということは長く民草《たみくさ》に慕《した》われているという証《あか》しで――」

「じゃああなたは、家柄以外で武笠家を慕う理由を言えるの？」

「はあ？」

「何もあげられないのなら、家柄に価値がなくなったときに真っ先に切り捨てられるわよ」

悠臣が依都を切り捨てると言ったことも今ならば納得《なっとく》だった。あのとき自分は外的要因によって仕方なく契約《けいやく》結婚を受け入れたけれども……。

「東堂園家は今の状態で完璧なの。成金を恥《は》じることも、華族に媚《こ》びを売る必要もない」

切り捨てられたくないのならば、まずはこちらから示さなければ。

自ら選んで、あなたを主《あるじ》と仰《あお》いでいると。

「わたし、命を賭《か》けるなら、お金《平和》にがめつい主人がいいわ」

聡子がはっとしたように息を呑《の》み。

「ふざけるな！」

かっとなった男が拳《こぶし》を振《ふ》りあげた。依都は歯を食いしばり一歩も引かずにそれを睨《にら》んだ。

ここで偽者《にせもの》だとばれなければ聡子を説得する機会はまた訪《おとず》れるかもしれない。主の任務を阻害《そがい》するくらいなら、拳くらいいくらでも受ける覚悟《かくご》はできている。

聡子が耐《た》えきれずに顔を背《そむ》け、
がつっ……。

鈍《にぶ》い音があたりに響《ひび》いたが、依都には痛みが走らなかった。

依都と男のあいだには悠臣がいた。構えた左腕《ひだりうで》で男の拳を防ぎきり。投げ飛ばして床《ゆか》へとねじ伏《ふ》せる。

「なっ……」

鋭《するど》く一瞥《いちべつ》みやる。それだけでもう男は動けなかった。

「早乙女、あとは頼《たの》む」

「はいはーい」

ひょこっと戸口から顔をだした早乙女が男の拘束《こうそく》をかわった。この状況《じょうきょう》でも「聡子さん怪我《けが》はないですかー？」と緩《ゆる》く訊《たず》ねる早乙女に、聡子はついていけないのか口をぱくぱくとさせている。

「悠臣様……？」

依都もてっきり、悠臣はダンスホールの前で待ちぼうけを食っていると思っていたので絶句する。そんな依都の拘束をほどき、手を差し伸《の》べて立ちあがらせると、

「行くぞ」

と短く言い置いて、足早に依都を連れだした。

「ちょ、あの、悠臣様っ」

前を行く悠臣の背中に声をかけた。何だ？　という視線を肩越《かたご》しに投げただけで悠臣は

立ち止まらなかったが、それはどう考えてもこちらの台詞《せりふ》だったので依都は強気に、

「どうしてここにいるんですか。なんで居場所がわかって――」

「俺は金にがめついか？」

「それは言葉のあやでっ……って、なんで会話まで知ってるんです？」

「これ」

階段の直前で悠臣が唐突《とうとつ》に立ち止まり、ひょいっと手を伸ばしてきた。ヴェールを固定していた花飾《はなかざ》りに触《ふ》れて離《はな》れたとき、その指先に何かが摘《つ》まれているのが見えた。ボタンのようなそれをこちらに差しだして言うことには。

「これは情報局が開発したもので盗聴器《とうちょうき》という。仕込んだ周囲の音を拾って届ける。これで会話を聞いていた」

それはつまり……超《ちょう》近未来的な盗《ぬす》み聞きということ？

「いつの間にっ」

「額に口づけをしたとき」

あれか！

額を押さえて飛び退《の》くが、今さらそんなことをしても意味はない。依都は恨《うら》めしげに悠臣を睨みあげ、

「不意打ちなんて卑怯《ひきょう》です。せめて事前に言ってください」

「忍《しの》びのくせに気づかないお前が悪い」

悠臣がしれっと言った。それはそうかもしれないがっ。

「ああそうですかっ！」

むかっときて、依都は悠臣の手から盗聴器とやらを奪《うば》い取った。思いきり握《にぎ》りつぶすとぱちんという破裂《はれつ》音があたりに響く。

「ちょ、お前っ……」

「スパイのくせにこうなると予想できなかったのが悪い」

鉄屑《てつくず》となった未来の英知を床に落とす。悠臣は呆然《ぼうぜん》と落下するそれを目で追うばかり。

ふん、と鼻を鳴らしたとき、階上から三拍子《さんびょうし》の音楽が聞こえてきた。

「あ……ウィンナーワルツ、始まった……」

それは依都が二曲目に踊《おど》るはずだったワルツである。ということは一曲目のポロネーズは当然終わったということになる。

「あんなことがあったんだ。継母《はは》も免除《めんじょ》してくれる」

悠臣が告げたが依都は余計にぶんむくれて俯《うつむ》いた。ドレスの裾《すそ》から覗くヒールの先を睨んでぼそりと呟《つぶや》く。

「自分の力でお義母様《かあさま》に認めさせたかったのに……」

「そんなこと言って、お前練習してないだろ」

「なんで知って！？」

まさか部屋にも盗聴器とやらが？　悠臣に一歩詰《つ》め寄った瞬間《しゅんかん》、足先に鋭い痛みを覚えて依都は身体《からだ》を硬直《こうちょく》させた。

「痛っ……」

「なんだ？　間に合ったと思ったが……足でも踏《ふ》まれたか？」

「いや、ちょ」

悠臣が依都の足もとにひょいっとしゃがんだ。制する間もなく依都のヒールを脱《ぬ》がせにかかる。女性の靴《くつ》を奪うなんて誰《だれ》かに見られたらどうするつもりなのか。しかし悠臣は気にも留めずにストッキングまでもを奪い去った。

そして現れたのは靴擦《くつず》れまみれの汚《きたな》い足だ。

「なん、だ、これ……」

悠臣がつっかえ気味に言って足先を見た。いたたまれなくなって依都は足を引っ込めようとするが悠臣が摑《つか》んで離さない。

「あはは……」

「いつ、練習してたんだ」

「夜です。屋根の上で」

「屋根の上……。足音はしなかったが……」

「忍びですから」

「忍びですから……」

正直に話すと何故《なぜ》だか悠臣は顔を曇《くも》らせて、復唱してから小さくぼやいた。

「……寝間着《ねまき》に着替《きが》えてからか。どうりで盗聴器に引っかからなかったわけだ」

「悠臣様？」

よく聞こえずに訊《き》き返す。

「なんでもない」

ぶっきらぼうに吐《は》き捨てて、懐《ふところ》からハンカチを取りだすと依都の足を拭いはじめた。

「何してるんですかっ。ハンカチ汚《よご》れますよっ」

「いい」

「いいって……」

なんだかこれは無性《むしょう》にむずがゆい。気を紛《まぎ》らわせようとして思考をめいっぱいに巡《めぐ》らせる。

「あ、で、どうしましょう？　結婚《けっこん》を認めさせる件は」

「もう認められたと思うがどうしてもお前が正攻法《せいこうほう》でいきたいのなら一応手は打ってある」

「え？」

「人使いが荒《あら》いからね。うちのエージェントは」

ふいに穏《おだ》やかな声が階上から聞こえた。見あげると階段を降りてくる人物がいる。近衛《このえ》騎《き》兵《へい》隊の正装に身を包んだ柔和《にゅうわ》な笑《え》みの男性——鷹英だった。

「えっ、どうしてここに？」

びっくりする依都。しれっとした顔で依都の足を拭《ぬぐ》い続ける悠臣。

鷹英と悠臣とを交互《こうご》に見ていたら、鷹英が愉《ゆ》快《かい》そうに笑いだした。

「実は情報局を取り仕切っているのが僕なんだ」

「……はい？」

「で、今日お呼ばれする皇族に立候補した。悠臣の作戦でね」

さらりと放たれた言葉を頭の中で何度も咀嚼《そしゃく》するが、混乱する依都にはどうにも話が見えてこない。

「どういうこと？」

凄《すご》みを利《き》かせて悠臣を睨《にら》むと、視線は足先に落としたままさも当然そうに。

「最高位の人間がこちら側なら、ラストダンスの相手なんて好きに選べるからな」

「……つまり出来レースだったってことですか⁉」

「そうだ」

「信じられない！　練習して損した！」

悠臣の両肩をぽこぽこと叩《たた》く。悠臣がようやく顔をあげ、一時《いっとき》依都と目線をあわせた。

「……？」

何も言わず、悠臣はしばらく依都の顔を見つめていた。その顔は無表情だったので何を考えているのかはわからない。しばらくすると足もとに再び視線を落として、右足にストッキングを穿《は》かせながら。

「お前が望むのならラストダンスに指名してもらうが」

「踊りますよ！　練習したんだもの！」

出来レースとわかっていても無性に悔《くや》しくて食ってかかった。

「この足でか」

「今さら心配は無用ですよ。なんてったって出来レースなんですから」

「……そうか」

微妙《びみょう》な間があってから悠臣は返答した。

「そうと決まれば早くダンスホールに行きましょう」

「まだ左足を見ていない」

「結構です」

スカートをたくしあげ、わざとらしく左足でばんばんと床《ゆか》を踏んだ。

「おい」

「このとおり元気ですから！　行きましょう、鷹英様！」

「あはは、先に行っててくれる？　僕はしんがりで会場に戻《もど》るから」

「わかりました！」

悠臣が何か言いたそうにこちらを見ていた。その視線を切るようにぷいっと背《そむ》いて。

依都はその場に悠臣を残して、一人悠然《ゆうぜん》と階段をあがった。


「ちょっとかわいそうだったんじゃない？　あんなになるまで練習したのにさ。もっと奥さんを信じてあげたらいいのに」

依都の姿が見えなくなってから、鷹英が苦笑《くしょう》して言った。

「何がです」

「襲《おそ》われるように仕向けたことの話」

とぼけさせないよと言いたげに目を細めて微笑《ほほえ》む鷹英に、悠臣は寒気を覚えて視線をそらした。常に笑顔を絶やさない鷹英のことを、世間の人は〝微笑みの貴公子〟などとありきたりな記号をつけて呼んでいるが。もし悠臣が〝最も恐《おそ》れる人物は誰か？〟と問われたら間違《まちが》いなく鷹英をあげる。裏表どちらの仕事でも上司を務めるこの男が悠臣は苦手だった。

「……ポロネーズは俺以外とも踊ります。それだと工作してやれない。あいつの実力を鑑《かんが》みれば群舞《ぐんぶ》は不可抗力で踊れなかったことにして、ラストダンスに指名してやるのが最も安全で効率がいい。鷹英様なら下手《へた》くそなダンスでもフォローしてくださるだろうし、ラストダンスに選ばれたとあっては継母《はは》も認めざるを得ないでしょうから」

「そのためならば嫁《よめ》の貞操《ていそう》も惜《お》しくはないって？」

「……あの男がまさかそんな手段にでるとは思いませんでした。気の弱い男と調べがついていましたので」

「ふうん」

意味深な視線で鷹英がそんな声を漏《も》らした。食えない男だ。その勘違《かんちが》いを訂正《ていせい》するために、悠臣はいつもどおりの、感情のこもらない声できっぱりと。

「契約《けいやく》結婚ですから気にしませんが」

「ふうん」

……本当に食えない男だ。

「まあなんにせよ、彼女は正攻法で認められたかったようだけど？　というより君に褒《ほ》められたかったのかもね。かわいいじゃないか」

「……」

かわいいかかわいくないかと訊かれたら後者のほうが当てはまる気がしないでもないが。

「いいね、忍《しの》びって。高潔で綺麗《きれい》で、僕らとはまるで違うよ。そう思うだろう?」

同意を求めてから鷹英が階段をのぼりだした。悠臣は黙《だま》ってそのあとに続く。いつもながら嫌《いや》な言い回しをする人だ。悠臣は内心で溜《た》め息をついた。口で言っていることと鷹英の内心が一致《いっち》しないことはよく知っていた。

こういう言い回しをしたあとに鷹英が続ける言葉はいつも決まっている。

「だから君はそうなったらいけないよ。僕らは汚れてこそだ」

振《ふ》り向いて一段高いところから鷹英が笑いかけた。その笑みはやはり悠臣をぞっとさせる。

「はい、殿下《でんか》」

いつもどおりの答えを返すと鷹英は満足そうに頷《うなず》いた。

「じゃあいこうか。ラストダンスに」


令嬢《れいじょう》たちのデビューが終わったダンスホールは朗《ほが》らかな空気に満ちていた。

ラストダンスのためのスペースを丸く残して参加者たちが談笑している。デビュタントたちは緊張《きんちょう》の面影《おもかげ》を残して頬《ほお》を上気させているが誇《ほこ》らしげに胸を張っている。その両親や兄弟は労をねぎらい、うちの娘《むすめ》が一番だったと鼻高々に言い回る。下僕たちがそのあいだを縫《ぬ》ってシャンパンを差しだすが、気分のよくなっている来場者たちが次々と手を伸《の》ばすのでトレイは瞬《また》く間に空になった。

依都だけはその空間で悔しそうに奥歯を噛《か》んでいる。笑っていないのは依都だけだ。いや悠臣はいつもどおりの無表情だし、聡子は事件のあとということもあってやや青ざめている。とにかく、不機嫌《ふきげん》そうな顔をしているのは依都だけだった。

扉《とびら》が開き鷹英が入ってくると会場が一瞬《いっしゅん》にして静まりかえった。上座に立ってホール全体をゆっくりと見渡《みわた》す。皆《みな》一様に期待して次の言葉を待っていた。必ずや愛《いと》しい娘の名がその口から飛びだすと。

そしてその答えを知っているのはこの会場で唯一《ゆいいつ》不機嫌な依都だけである。

鷹英が依都を見つけたらしく、こちらに向かって歩いてきた。ざわめきが起きる。もちろん〝何故あの娘が？〟という疑問の声だ。

手を差し伸べて、微笑みながら鷹英は口を開いた。

「有栖川美緒さん。僕と一曲、踊《おど》っていただけますか？」

この問いに対する答えはもちろん決まっている。

依都もおもむろに手を伸ばして、

「よろしくお願い――」

「待ってください」

手と手が重なる寸前、横から伸びてきた手が依都の手をかっさらった。

摑《つか》まれた手を辿《たど》ってみれば悠臣の体温を感じられない無表情がある。

この場で待ったをかけるとは何を考えているのか。はらはらする依都をよそに、やはり悠臣の顔は無表情だ。

会場中の注目を集めて悠臣が言う。

「ラストダンスの栄誉《えいよ》をわたしに譲《ゆず》っていただけませんか。彼女はわたしの婚約者《こんやくしゃ》ですので」

その一言で、鷹英に美緒が指名されたときよりも会場中がざわめいた。

「殿下からダンスの相手を奪《うば》うなんて前代未聞《ぜんだいみもん》だぞ」

「それよりもあの夜叉子《やしゃご》が婚約ですって」

「社交の場にでてくることすら珍《めずら》しいのに」

「それがいきなりダンスを踊るだなんて」

ひそひそと交《か》わされる会話によって、これがどれほどの珍事《ちんじ》であるのか依都にもわかった。

本当にいったい、悠臣は何を考えている？

真意が読めず、誰《だれ》の手を取ればいいのかもわからずに固まっていると、鷹英がにこりと微笑んで手を引っ込めた。

「ならば僕は身を引こう。婚約おめでとう」

示し合わせていたかのように楽団が音楽を奏《かな》ではじめた。悠臣が依都の手を取ってフロアの中央までエスコートする。

一週間ぶりにあわせた手は熱っぽかったが、どちらの体温かなんて緊張している依都にはもうわからなかった。

一歩踏《ふ》みだす。

まったく練習していないのに、驚《おどろ》くほど息ぴったりに二人は踊りだした。

会場中から感嘆《かんたん》の溜め息が漏れる。その中で誰かが呟《つぶや》いた。

「これでもう、東堂園家に勝てるところなんてなくなったな」

偽者《にせもの》ではあるが、自分との結婚で悠臣が名実ともに認められたのならば……嬉《うれ》しかった。

ウィンナーワルツのくるくると回るステップの中で、ふと聡子が視界に入った。依都と目があうなり破顔して――ゆっくりと頷く。

真向かいの悠臣を見れば彼もまた聡子の笑《え》みに気がついており。満足そうに目を細めると依都を見た。それは愛《いと》しいものを見るような、優《やさ》しい眼差《まなざ》しに思えた。

これは偽装《ぎそう》結婚だとばれないため。スパイの任務を全《まっと》うするため……。

本当にそう？

一瞬頭に浮《う》かんで、全力で否定してそうだと答えた。なのに平静を取り繕《つくろ》えず、身体中の血がどんどんと温度を増していく。きっと今、自分の顔は真っ赤になっている。

これは契約結婚。顔を赤らめたって豆腐《とうふ》に鎹《かすがい》。わかっている、大丈夫《だいじょうぶ》……。

しかし速まった鼓動《こどう》がデッキブラシで心臓をごしごしと擦《こす》っているみたいで、溜まっていた黒いインクが洗い流されていくような気がした。分厚い汚《よご》れが落ちたあとは、依都だって少しだけ素直《すなお》になれる。

任務上は必要がなかったのにダンスを踊ってくれたのは……依都の努力をくんでくれたと、そう捉《とら》えてもいいの？

だとしたらそれは、ちょっとだけ嬉しい。認められたような気になって。

たぶん、それだけ。きっと、それだけ……。

依都の複雑な心情を、しかし楽団は露《つゆ》も知らずにゆったりとしたワルツのリズムを刻み続けた。

〝人間誰しも、人生で一度くらいは明確に『主役』というものを務める日がある〟

〝忍《しの》びでも？〟

〝そう、忍びでも。普段《ふだん》は陰《かげ》に生きる我々《われわれ》にも必ずその日はあり、そういう日にはたいてい『命の使い道』も明確に定まる。だからそれに抗《あらが》わず、ためらわず。時には素直に愛おしんで。覚悟《かくご》を決めて使いなさい……〟

爺様《じいさま》から言われた当初はよくわからなかったその言葉にようやく納得《なっとく》した。確かに今日、自分は明確に主役だった。

それを望むと、望まざるとにかかわらず。

「花嫁《はなよめ》様のお支度《したく》が整いましてございます」

「入れ」

侍女《じじょ》がふすまを開ける。最初に目に飛び込んできたのは、羽織袴《はおりはかま》を着て自分の膝《ひざ》あたりに視線を落としている悠臣の姿だった。異国情緒《じょうちょ》のある顔だと思っていたが袴姿もよく似あっていた。悠臣がゆっくりと視線をもたげる。

目があった。わずかに見開かれた青灰色の瞳《ひとみ》に、映ったその感情は何だろう？　十秒もないような寸刻のあいだ、依都は緊張して見つめ返した。

「……黒引きか」

最初に悠臣が言ったのはそんな一言だった。

依都が身につけているのは黒引き振袖《ふりそで》だった。金色の帯をあわせ髪《かみ》は洋髪《ようはつ》に結《ゆ》いあげている。この着物は複数用意されていた中から依都が自ら選んだものだ。

「意外だな。お前は白無垢《しろむく》を選ぶと思っていた」

大きく息を、吸って吐《は》き。

覚悟を決めると、悠臣の前に正座をして頭《こうべ》を垂れた。

「黒引きには〝あなた以外の色には染まらない〟という意味があります」

「……知って、いる、が」

何故《なぜ》だか悠臣がつっかえ気味に言った。頭をさげているのでその表情はわからない。どういう顔をしているのか考えてしまったら……怪訝《けげん》な顔とか、むしろ睨《にら》んでいたりだとか、そんな顔をしているかもと考えてしまったら続きを言えなくなりそうだったので、余計なことを考える前にまくしたてた。

「わたしは忍びです。務めにあわせ、何色にでも染まってみせるのがわたしの仕事です。

ですが主《あるじ》の前でだけは偽《いつわ》らず、揺《ゆ》らがない存在であると誓《ちか》います。あなたの色だけは忘れずに、何色に染めても必ず戻《もど》ってくると誓います。何者でもないわたしの、唯一《ゆいいつ》の真実はあなたの色だけだと誓います。これはその、忍びとしての覚悟を誓う、主君への贈《おく》り物です……」

言い切った。依都は緊張《きんちょう》してまだ頭をあげられないでいる。自分の年齢《ねんれい》では黒引きは大人っぽすぎることも、だから白無垢を選ぶことが妥当《だとう》であることもわかっていた。それでいてあえての、黒引き。その理由をしっかりと伝えたかった。

人生で主役になる瞬間《しゅんかん》、〝命の使い道〟をあなたのもとで定めたという、覚悟の気持ちを。

「……そう、か」

ゆっくりと、何かを考えるように悠臣が言った。心臓が口から飛びでそうになるのをぐっと堪《こら》えて依都は顔をあげた。

「そうか」

悠臣が同じ台詞《せりふ》を告げるのを、今度は真正面から見た。

笑っていた。いつもの意地悪な笑いでも、穏《おだ》やかな笑みでもなかった。うぬぼれかもしれないが、それはほんの少しだけはにかんだ、愛《いと》おしむような笑みに思えた。

「よく似あっている」

その一言で、依都はこれまでの覚悟がすべて報《むく》われた気がして。美緒を送りだしたあの日の選択《せんたく》と、悠臣と交《か》わした不惜身命《ふしゃくしんみょう》の契約は間違《まちが》っていなかったのだと、そう思うことができた。

里が滅《ほろ》び、忍びとして生きる術《すべ》を失った虚無感《きょむかん》がすうっと晴れていく。

ようやく今日、忍び《花嫁》としての人生が始まる。


祝言は本邸《ほんてい》の三階で行われた。

悠臣に手を引かれて大広間に入る。病床《びょうしょう》にあるという悠臣の父と留学中の弟の姿はなかったが、聡子は一番前に座っていた。

そのほか列席者は政財界の重鎮《じゅうちん》など。依都でも名を聞いたことのある人物ばかりだったが、当然その中に有栖川家の身内は一人もいない。爵位《しゃくい》を持つのは有栖川家だったがまったくそうは見えなかった。

夜会では爵位こそすべてという雰囲気《ふんいき》があったが、西洋化が進みつつある世間において本当に力があるのは東堂園家のような家かもしれないと思った。

身代わりの契約結婚《けっこん》とはいえ、とんでもない人物に嫁《とつ》いでしまうのでは。

分不相応すぎる自分を理解して、依都は足がすくんで動けなくなった。

繋《つな》いだ手に力がこもり、はっとして依都は隣《となり》を見た。いつも通りの体温が感じられない無表情がそこにはあって、それが妙にほっとした。

悠臣が何者であれ、依都はその色に染まるだけである。

深呼吸して一歩を踏みだす。華頭窓《かとうまど》から覗《のぞ》く月明かりに照らされた紅葉《もみじ》を背に、依都と悠臣は並んで座った。

それぞれの前に盃《さかずき》が置かれ、柏木が悠臣に酒をつぐ。悠臣が三度にわたってそれを飲み干すと、今度は依都の番。同じく三度で飲み干して、そこから三回、同じことを繰《く》り返す。三三九度の盃事《さかずきごと》。

これさえ終われば依都と悠臣は夫婦《ふうふ》である。

それはあまりにもあっけない契約で、世間の夫婦はよくこれだけで関係を保っていけるなと思った。

契約後の宴《うたげ》では見たこともないごちそうがたくさん振《ふ》る舞《ま》われたけれど、依都は緊張で目が回っていて、その味はまったくわからなかった。


「……で、どうしてなんですか」

「何がだ」

「な・に・が・じゃないですよ！　どうして寝室《しんしつ》が一緒《いっしょ》なんですか！　しかもベッドが一つだけって！」

指を差した先には大きな天蓋《てんがい》ベッドが一つ。

祝言後、離《はな》れに戻ってきた依都はもともと使っていた和室で花嫁衣装《いしょう》を脱《ぬ》ぎ捨てて寝間《ねま》着《き》に着替《きが》えた。

そこへ柏木がやってきて「今夜からは二階の洋室を寝室としてお使いください」と言ったので深く考えもせずに部屋へと向かい……。

入った部屋にはベッドが一つだけ置かれており、お布団《ふとん》がいいなあと入り口で二の足を踏《ふ》んでいたところに背後から「早く入れ、後ろがつかえているぞ」と声がかかった。

振り向いた先には迷惑《めいわく》そうな顔をした寝間着姿の悠臣が立っている。

「なんでここにいるんです？」

「なんでって寝るためだろう」

「ここはわたしの寝室ですよ？」

「夫婦の寝室だが」

「……はい⁉」

こんな感じで現在に至る。

「夫婦なんだから同じ部屋で眠《ねむ》るのは当然だろう」

　というのが悠臣の言である。

「こんなに広い家で、何が悲しくて一部屋を二人で使わないといけないんですか！」

「夫婦だからだろう？」

「わたしと悠臣様は契約結婚です！　なので同じ部屋で眠る必要性はない！　以上！」

　反論して部屋をでていこうとするが、

「へぶっ」

　目の前でドアを閉められた。顔面から突《つ》っ込んで鼻が潰《つぶ》れる。鼻をさすりながら恨《うら》めしげに振り返ると、呆《あき》れ顔で後頭部を掻《か》く悠臣がいる。

「契約結婚だからこそだ」

「どういう意味？」

「お前忍びのくせにあんまり器用じゃないからな」

「う」

「普段《ふだん》からぼろがでないようにすべきだろ」

　それはまあ……そのとおりかもしれないが。

「お前は餌《えさ》なんだ。高柳が結婚の知らせを聞いて夜半に忍んでお前に会いに来るかもしれないし、罠《わな》から目を離すわけにはいかないんだよ」

「なら部屋が同じであればいいんでしょ！　わたしはお布団を敷《し》いて寝ますので！」

ドアノブに手をかけ布団を取りに行こうとする。その手の上から悠臣の手が重なり、ドアノブが回らないように強力《ごうりき》で押さえ込まれてしまう。

ぎちぎちぎち……と唸《うな》るドアノブ。

「往生際《おうじょうぎわ》が悪いな。諦《あきら》めろ」

「なんでっ」

「布団を運び入れたのを見られてみろ、変な噂《うわさ》が立つ」

「有栖川美緒は布団じゃないと寝られない奇病《きびょう》なんです！」

「強情な……」

依都は全力なのに悠臣は涼《すず》しい顔をしている。それが余計に腹立たしい。

「こんのっ」

最後の力を振り絞《しぼ》り突破《とっぱ》しようとしたときだった。

かさ……。

足もとから変な音が聞こえて依都は視線を落とした。黒光りする甲殻《こうかく》虫が箪笥《たんす》の隙間《すきま》からこんにちはしていた。産毛《うぶげ》の生えた六本の足をせわしなく動かし、今にもこちらに飛びかからんとして脈々しい羽を広げている。一時《いっとき》その眼差《まなざ》しと睨《にら》みあい、

「む、虫っ……！」

無我夢中で飛び退《の》いて天蓋の上に避難《ひなん》すると半泣き状態で寝間着の衿《えり》に手を突っ込んだ。

「悪霊退散《あくりょうたいさん》っ、」

鉄礫《てつつぶて》を投げる。恐怖《きょうふ》のあまりに手先がくるいドアに突き刺《さ》さって終わる。

「ちょ、待……」

「こざかしいっ、悪鬼滅殺《あっきめっさつ》！」

クナイを投げる。やはり手が震《ふる》えてしまい悠臣の足もとに突き刺さっただけで終わる。

「おいっ」

「こうなったらもう、もっぱんで動きを止めて」

懐《ふところ》から二つの竹筒《たけづつ》を取りだす。一つは打竹《うちたけ》と呼ばれる火種を持ち歩くためのもの。火種を取りだし、もう一つの筒、もっぱんの導火線へと火をつけようとして、

「やめろ馬鹿《ばか》」

悠臣が床《ゆか》に刺さっていたクナイを引き抜《ぬ》き、甲殻虫へと振りおろした。苦手意識がないのか悠臣は正確に虫を仕留めた。「捨ててっ、その死骸《しがい》捨ててっ」「うるさいな……」「この部屋のごみ箱じゃないっ、外に捨ててっ」「うるさいな……」依都の言うとおりにちり紙に包み、外まで捨てに行き、手とクナイを洗って悠臣が戻《もど》ってきてようやく事態は収束した。天蓋から降りて室内を見回る依都を、悠臣は椅子《いす》に座って呆れて眺《なが》める。

「お前、野猿《のざる》のくせに虫が嫌《きら》いか」

「なんと言われようとも嫌いなものは嫌いです」

「というか、さっき投げようとした筒は何だ」

「唐辛子《とうがらし》、山椒《さんしょう》、胡椒《こしょう》、砒霜《ひそう》などを入れた筒です。相手の動きを封《ふう》じます」

「いわゆる催涙弾《さいるいだん》か……。お前、なんだってそんなものを初夜に持ち込んでいるんだ」

「はい？　いつも持ってましたけど」

「……使わないでいてくれて助かる。これからも俺には絶対に使うな」

「行い次第《しだい》です」

言い切って依都は部屋の中の探索《たんさく》に戻る。一匹《ぴき》いると百匹はいると言われている虫である。油断はできない。

「もういない。ここは柏木が几帳面《きちようめん》に掃除《そうじ》しているんだ。季節外れにたまたま外から迷い込んだだけだろ」

「わからないじゃないですか。柏木さんの知らぬところで大繁殖《だいはんしょく》してるのかも」

「それはもう子宝の神だろ。諦めてあやからせてもらおう」

「契約《けいやく》外です。万一契約内でもこの神だけは絶対に嫌《いや》です」

「ちょこまかされると気が散って眠れない」

「じゃあ別の部屋で寝ればいいじゃないですか」

「お前なあ……」

悠臣が立ちあがった。つかつかとこちらに歩み寄り、ぐいと手を引かれた。悠臣に抱《だ》き寄せられる格好となり、二人してベッドに倒《たお》れ込んだ。そのまま抱《かか》え込まれ、悠臣の胸に顔面を押しつけられて視界を奪《うば》われる。

「見ざる聞かざる言わざる」

「はい？」

「見聞きせねばいないのと一緒だ。猿《さる》らしく目と耳と口を塞《ふさ》いで寝ろ」

「そんな屁理屈《へりくつ》！」

「あーもううるさい。俺は眠いんだ。明日には柏木に煙《けむり》で燻《いぶ》させる。今夜くらい我慢《がまん》しろ」

「無理、こんなの絶対に寝られるわけない！」

抗議《こうぎ》するが悠臣からの返答はそれ以降なかった。

「え、本当に寝たの……？」

確かめようにも寝ている（だろう）くせに力が強くて振《ふ》り切れない。身代わりの術……とも思ったが、あれはそもそも身代わりを立てることで錯覚《さっかく》を生み隙を作る術である。こうしてすでに捕《つか》まっている状態では意味がない。

祝言《しゅうげん》のあとで気が高ぶっているうえに虫騒動《そうどう》。眠れるわけがない。

……と、思っていたのに。人肌《ひとはだ》に包まれ視界を真っ暗にされると、ふかふかなベッドの効果も相まってうとうととしてきた。やつが再びでたとしても悠臣がこれだけ近くにいれば安心だというのもある。依都だって祝言で気疲《きづか》れしていた。悠臣からはどことなく甘い香《かお》りがする。甘ったるいと言うよりはすっきりと甘い、花の匂《にお》いに似ている。安眠《あんみん》効果は絶大だ。

……そういえば、美緒の祝言には結局参列できなかったな。最近は自分のことに精一杯《せいいっぱい》で美緒のことを考える余裕《よゆう》もなかったが、唐突《とうとつ》にそんなことを考えはじめた。

異国では無事に祝言をあげられただろうか。そこに身内が一人もいないのは寂《さび》しかっただろう……今日の自分みたいに。誠一が寄り添《そ》ってくれていればいいけれど。

美緒は異国で元気にやっているだろうか。高柳の伯父《おじ》はこんなに迷惑《めいわく》をかけて、いったいどこで何をしているのやら。借金のことは許すから、自分のかわりに祝言に参列してくれれば美緒も寂しくはないだろう。

機密情報を盗《ぬす》んだだのと悠臣からは聞かされたが、記憶《きおく》を辿《たど》る限りなんだかんだ美緒には甘い伯父だったのだ高柳は……。

ピークに達した眠気のせいで思考が支離《しり》滅裂《めつれつ》になっていく。

気づけば依都は深い眠りに落ちていた。

「……と言いつつ、三秒で寝《ね》ているではないかこの単細胞《たんさいぼう》め」

悠臣は自分の腕《うで》の中で寝息を立てはじめた依都を呆れかえって見おろしていた。

〝眠れない〟はこちらの台詞《せりふ》である。どこの世界に他人の頭を押さえつけながら眠れる器用な人間がいるのか。

頬杖《ほおづえ》を突《つ》いて、気の抜けた顔で先に寝入った嫁《よめ》を睨む。鼻でも摘《つ》まんで嫌がらせしてやろうかとも思ったが、再び目を覚まして虫だのなんだのと騒《さわ》がれるのも迷惑だった。

「お前は本当に見ていて飽《あ》きないな……」

頬をそっと撫《な》でるとうっとうしそうな顔をして、手を避《よ》けるように悠臣の胸へとさらに深く顔を埋《うず》めたのでつい笑ってしまった。攻《せ》めている側にさらにすがりつくやつがあるか。

件《くだん》の船上パーティーまではあと一週間だ。それまでに高柳が接触《せっしょく》してきてアンプルを返せばいいが、船上に捕《と》らわれていたり、ベルナールの味方をするようであれば……。

「最悪、殺さなければな」

依都の血縁《けつえん》ではないにしろ、いい気はしないかもしれない。そう思ったところで悠臣は顔をしかめた。別にいいではないか、よく思われなくても。

自分はスパイであり、高潔な忍《しの》びではないのだから。

一週間後の船上パーティーはどうなるだろうか。そしてそれが終わったあと、依都はどうするつもりだろうか。〝お世話してあげました〟などと気軽に言って、さっさとでていくような気がした。

もしくはそれが忍びの本懐《ほんかい》だと朗《ほが》らかに笑い、誰《だれ》かの身代わりとなってあっさりと死んで。またしても自分だけが生き残るのではないかという未来をありありと感じつつ、

「別にいいだろ、俺はスパイなんだから」

言い切って悠臣も瞼《まぶた》を閉じた。そうなったときに自分がどうなるのかは、いつもどおりに考えないことにして。

久しぶりに美緒のことを考えたからだろうか。

その日依都は、懐《なつ》かしい夢を見た。

夢の中で、十歳くらいの美緒が手鞠《てまり》歌を歌いながら鞠突きをしている。上品なことは美緒の美点だったがそれゆえに身体《からだ》を動かすことはあまり得意ではなかった。依都は向かい側に立ち、鞠を突く美緒をはらはらと見守っている。

――とんとん　お寺の　道成寺《どうじょうじ》……。

そこまで歌い、美緒が地面を経由して依都に鞠を送る。

次の一節は依都が突く番だった。

——釣《つ》り鐘《がね》　下《お》ろいて　身を隠《かく》し……。

また地面をひと突きして美緒に鞠が渡《わた》る。次の一節を歌おうとして、

「……あれ？　続きはなんだったかしら、伯父様」

小首をかしげて、美緒が振り返った。

「安珍《あんちん》　熊姫《くまひめ》　蛇《じゃ》に化けて——だよ」

背後にいたその人は、人のよさそうな顔で笑った。がりがりに痩《や》せているけれども身なりのいい人で、お洒落《しゃれ》な山高帽《やまたかぼう》を被《かぶ》っていた。美緒の母の兄、つまり美緒の伯父、高柳昌也だった。

その日は美緒の誕生日であり、病床《びょうしょう》に臥《ふ》している妹のかわりに誕生日のお祝いをしてくれたのだ。

高柳がプレゼントに選んだのは綺麗《きれい》な鞠。依都と美緒、二人で遊べるようにという配慮《はいりょ》からだった。しかし美緒も依都も手鞠歌を一つも知らなかったので、急遽《きゅうきょ》高柳が手鞠歌を教えてくれることになったのだった。

「そうそう、そうだったわ」

美緒は歌詞を聞いてにっこりと微笑《ほほえ》んだが、対する依都はたまらず吹《ふ》きだした。

「あはは、変な名前のお姫様っ。熊姫なんてちっともかわいくない」

「これ、依都」

「いいんだよ、美緒」

高柳は苦笑《くしょう》しながら依都のそばまでやって来て、依都の目線まで身を屈《かが》めると優《やさ》しく笑った。

「これはこの世で最も恐《おそ》ろしい人の名前なんだ。だから変なんだよ」

「ふうん」

「伯父さんはねえ、その人のマリオネットなんだ」

「まりおねっと?」

「依都は見たことがなかったか。異国の操《あやつ》り人形のことだよ……って、あ」

「どうしたの、伯父様」

閃《ひらめ》いた顔をした高柳に美緒が訊《たず》ねた。

「鞠をネットに当てる……マリオネット、なんちゃって」

「……寒いわ、伯父様。すごく寒い」

美緒は訊ねたことを後悔《こうかい》したようだった。高柳は時折……いや結構な頻度《ひんど》で親父《おやじ》ギャグを言うのだった。依都もすっかり忘れていた。秋の日にこれは寒すぎる。

「ええっ、そうかなあ」

無自覚な高柳だけがけらけらと笑う。

「美緒様、早く続きをやりましょうよ。温まりますよ」

「そうね……」

すべてをなかったことにして、依都たちは鞠突きを再開する。


――安珍《あんちん》　熊姫《くまひめ》　蛇に化けて……。

――七重《ななよ》に巻かれて　ひとまわり　ひとまわり……。


なんとか一曲を突き終えると、高柳が満面の笑《え》みで駆《か》け寄ってきた。

「すごいじゃないか、美緒。よくやった」

美緒を抱《だ》きしめわしゃわしゃと頭を撫でまわす。美緒は「大げさなんだから」と口では不平を言うものの、その顔は嬉《うれ》しそうだった。

ちょっと……うらやましい。依都の最後の肉親は放浪《ほうろう》ばかりでいつもいないから。

「ほら、依都もこっちに来なさい。ご褒美《ほうび》だよ」

「ご褒美？」

ぽかんと口を開けて近寄ると、高柳が何かを放《ほう》り込んだ。甘かった。

「わあ、あめ玉だ。い、いいの？」

「もちろん。遠慮《えんりょ》することはない」

「そうよ、依都。依都だって家族なんだから」

美緒が依都を抱きしめる。すると高柳も腕《うで》を伸《の》ばし、美緒ごと依都を抱きしめる。

「二人とも上手だったね。偉《えら》い偉い」

その瞬間《しゅんかん》、依都は有頂天《うちょうてん》になった。嬉しくて鞠よりもぽんぽんと飛び跳《は》ねそうだった。

ああ、いいな。家族って。褒《ほ》めてくれて、くだらないことで笑いあって。このままずっと、ここでみんなと一緒《いっしょ》にいたいな。依都の本当の家族みたいに、もう置いていったりしないでね。わたしを一人にしないでね……。


「ばいばい、依都」


抱きしめられた耳元で、そんな声が聞こえた。

はっとして顔をあげる。一陣《いちじん》の風が吹き抜《ぬ》けた瞬間、高柳と美緒の身体が真っ赤な紅葉《もみじ》の葉に変わり、ばらばらと崩《くず》れて風に舞《ま》った。

ぽん……、と落下した鞠に遅《おく》れて。

独りぼっちになった依都の足もとに、赤い紅葉の葉が落ちる――……。

朝日がカーテン越《ご》しに差し込んで依都は目が覚めた。瞼が開きにくかったので手をやると、涙《なみだ》が乾《かわ》いて張りついている。

悪者だと悠臣たちは言うけれど、少なくとも自分は高柳のことが好きだったな……。

「おはよう」

至近距離《きょり》から声が聞こえて、白濁《はくだく》していた意識が少しずつ現実に呼び戻《もど》された。おかしなことに、目を開けたはずなのに視界が白い。しかし夢の中という雰囲気《ふんいき》ではなく、そしてよくよく見れば白には皺《しわ》が寄っており三角形の切れ目が入っていて。そこから肌色《はだいろ》の何かが見えている。

だんだんと頭が冴《さ》えてきて、それと同時に血の気が引いた。恐る恐る顔をあげると少し高い位置にある青灰色の瞳《ひとみ》と目があった。

「おはよう、東堂園の若奥様」

東堂園悠臣が、綺麗な顔を面白《おもしろ》そうに歪《ゆが》めて言った。

依都改め、有栖川美緒……も改め、東堂園美緒になった朝だった。

「ひゃっ」

素《す》っ頓狂《とんきょう》な悲鳴をあげて起きあがり、膝《ひざ》を抱《かか》えて丸くなった。そうだった、虫が恐ろしすぎて右往左往しているうちにものすごい眠気《ねむけ》に襲《おそ》われてそのまま眠ってしまったのだった。睡眠薬《すいみんやく》の類《たぐ》いは効かない体質の依都だったが、きっと依都も知らない近未来の薬品を使って眠らせたに違《ちが》いないのだこのうさんくさいスパイ男は。

じりじりと悠臣から距離を取る。一方悠臣は乱れた襟《えり》ぐりに手を突《つ》っ込んで身体《からだ》を掻《か》き、さらに襟ぐりを乱して。こっちの気も知らずにマイペースに起きあがると、

「でかけるぞ」

大きなあくびを一つして、唐突《とうとつ》に外出のお誘《さそ》いをした。

門を一歩でると、そこはすでに賑《にぎ》わう街中だった。

「わあ……」

目が回るほどに人が多く、秋だというのに人の熱気で寒さも気にならなかった。むしろ暑いくらいでその熱にのぼせそうになる。

こうして昼間に帝都《ていと》を歩くのは初めてだったので、つい依都はきょろきょろと視線を泳がせた。早乙女を追っていたときはそれどころではなかったし。

ちらりと隣《となり》を見れば着物姿の悠臣がいる。どうやら休日は着物を着るらしいのだが、これまで表の仕事か裏の仕事で毎日でかけていたため、寝間着《ねまき》と袴《はかま》以外の和装を見るのはこ

れが初めてだった。目鼻立ちがはっきりとした異国風の顔立ちなのに、着物も当然のように似あっていて不覚にも依都はどぎまぎする。

悠臣は身の丈《たけ》も高いため、一歩一歩の歩幅《ほはば》が大きい。その後ろを歩く依都は追いつこうとするとどうしたって小走りになる。そのうえ周りは物珍《ものめずら》しい光景ばかり。思わず見入ってしまって、そのせいでさらに悠臣との距離が開く。走って追いかけるというのを繰《く》り返す。


「わあ、すごい！」

大通りの一角で子どもの歓声《かんせい》が聞こえた。吸い寄せられるように首を向ければ、ある屋台の前に子どもの人だかりができている。

「おいちゃん！　次は鶴《つる》を作ってよ！」

「よしきた！　見てろい！」

中央にいる男が店主だろうか。何やらはさみを手に持って威勢《いせい》よく声をあげている。何だろうと覗《のぞ》き込んだ途端《とたん》、依都は目を瞠《みは》って絶句する。

「わわ、飴《あめ》がみょーんと伸びてあんなに長く！　鶴の首になりましたっ」

先を行こうとする悠臣の袖《そで》をきゅっと引く。つんのめった悠臣はびっくりした顔で依都の指差すほうを見た。

「……ああ、飴細工か」

「すごい、今度は龍《りゅう》になったっ……！」

店主は引き伸ばした飴を龍の尻尾《しっぽ》に見立てると、突き立てていた割り箸《ばし》にぐるぐると巻きつけてとぐろを作った。はさみで器用に切り込みを入れて鱗《うろこ》や髭《ひげ》も形作る。依都は足を止めて、食い入るようにその動きを見続けた。ものの数分で見事な龍が完成し、子どもたちから歓声があがる。依都も無意識のうちに拍手《はくしゅ》をすると、「そんなに楽しいか？」と頭上から冷ややかな声が降ってきた。

「悠臣様も何か頼《たの》んでみます？」

「あんなもの子ども騙《だま》しだ。見た目ばかりで味はただの水飴にすぎん。買わないからな」

「食べたことがあるんですか？」

「あるに決まっている。田舎者《いなか》ではないんだ」

その言葉を聞いてむすっとなる。どうせ田舎者ですよ、と心の中でやさぐれたようなことを言って、唇《くちびる》を尖《とが》らせると足早に屋台を離《はな》れた。急に歩きだした依都に悠臣が遅れてついてくる。

「お前、もしかして帝都は初めてか？」

依都が街中を歩き慣れていないことに気づいたのか、背後から悠臣の怪訝《けげん》な声がかかった。

「……ええ、まあ」

「成る程《ほど》」

悠臣がふと立ち止まった。

「悠臣様？」

振《ふ》り向けば懐《ふところ》から懐中時計《かいちゅう》を取りだして時間を確認《かくにん》している。そして大通りとそこから延びる小さな通りとを交互《こうご》に見て、小さく息をついた。

「こっちの道を行く」

言うなり悠臣が脇道《わきみち》に入る。依都は小走りになってその背中を追いかけた。


大通りから一転して、その道を行く人は自分たち以外に誰《だれ》もいなかった。路肩《ろかた》にはたくさんの紅葉が植わっていて、大きく張りだした枝が赤い天井《てんじょう》を形成している。

ほんの少し風がある日で、時折ぶわっと紅葉が舞った。その中を進む悠臣は……正直、浮《う》き世から隔絶《かくぜつ》したような美しさだった。

墨色《すみいろ》の髪《かみ》に真っ赤に染まった楓《かえで》がのる。それに気づいて摘《つ》まみあげる指先は、骨張っているのに線が細くてしなやかだ。陶器《とうき》のようになめらかで白い肌に、淡《あわ》い青磁《せいじ》色《いろ》の羽織がよく似あっていた。

後ろから眺《なが》めるだけならば役者絵も顔負けの美しさなのに、触《ふ》れれば指先が血だらけになるほどに刺々《とげとげ》しい。そういえば、と美緒がバラガキだと言っていたのを思いだす。美しい花には棘《とげ》があるというけれど、まさに悠臣は花茨《はないばら》のような人だなとぼんやりと思った。

西洋の華《はな》やかな薔薇《ばら》ではなく、まさに花茨というのがふさわしい。白く小さな花はとても質素で控《ひか》えめなのに、その芳香《ほうこう》は鼻をついて遠くからでもその存在をはっきりと伝える。そのくせ派手な西洋薔薇と棘の多さは変わりなく、千年も昔の随筆《ずいひつ》にすら〝名恐《おそ》ろしきもの〟として登場する花だ。

「何をしている。遅《おそ》い」

悠臣が舞《ま》い落ちる紅葉を背景に振り向いた。その光景にどことなく見覚えがあって依都は足を止めた。すぐに今朝の夢だと腑《ふ》に落ちる。

自分で送りだしておきながら置いていかれる夢を見て、あまつさえ涙を流すとは。

ふがいない……そう恥《は》じるとともに、ふとあることに気づいた。

スパイは自分が生き残ることに固執《こしゅう》するというけれど、それはつまり、悠臣は決して依都を残して死なないということだ。

「悠臣様はわたしを置いていかないんですね」

「なんだ、急に」

はっとして依都は口をつぐむ。言わなくてもいいことだったと言ってから後悔《こうかい》したがあとの祭りだ。

どうするか……。できることなら今朝の夢については話したくない。泣いたなんて知れたら忍《しの》びの恥《はじ》だし。

とはいえ下手《へた》な嘘《うそ》をつけばこの男は簡単に見破るだろう。そして見破ったうえで〝嘘をつかなければならないほどの弱み〟だと認識する。

弱みではない。ただこの話を聞いて、謂《い》われのない憐《あわ》れみを向けられるのが嫌《いや》なだけで。

「たいしたことじゃないんですけどね」

誤解を生まないように前置きをして、依都は言葉を選びながら口を開いた。

「六歳のときに里のみんなが死んじゃって、なんとなくそれを思いだしたというか」

「みんな？　何かの任務か」

「そうです。当時の主様《あるじ》は軍にお勤めだったんですけど、管轄《かんかつ》する部隊で反乱が起きちゃって。それを極秘裏《ごくひり》に鎮圧《ちんあつ》したのがうちの里の忍びなんです。おかげで反乱は世間に知られる前に収束しましたけど里のみんなは帰ってこなくて」

「六歳のときというと十年前だろう？　そんな話聞いたこともないが……」

「当たり前ですよ。なんのためのわたしたちだと思ってるんですか。〝世間に知られる前に処理をしろ〟。それが主様からの命令だったそうです。そして見事、一族はそれを果たしたと」

「成る程……その主というのは有栖川家か？」

「違《ちが》います。でもどこの誰だかは知りません。主様については極秘事項《じこう》で、知っていたのは里の中でも偉《えら》い人だけでしたので」

「そうか」

そこで悠臣は何かを考えるように目を伏《ふ》せた。依都は少しだけ身構える。悠臣がこれを聞いてなんと言うのか……己《おのれ》のつま先に視線を落として、少しいたたまれない気持ちで答えを待った。

「今朝泣いていた理由はそれか？」

どきりとした。その質問は想定外で……そのうえで一番訊《き》かれたくない問いだったから。

まさか見られていたなんて。一生の不覚だった。無意識下での出来事とはいえひどく自己嫌悪《けんお》に陥《おちい》って、

「士道不覚悟《ふかくご》でした。忘れてください」

苦虫を噛《か》み潰《つぶ》したような顔をして、依都は答えを絞《しぼ》りだす。

「別にいいだろ、泣いたって」

しかしあっけらかんとした声が返ってきて、依都は渋面《じゅうめん》をあげて悠臣を睨《にら》んだ。

「馬鹿《ばか》言わないでください。わたしだって忍びなんですよ。里のみんなは忍びの本懐を遂《と》げて散ったんです。ならばそれを誇《ほこ》りこそすれ、泣くのは間違《まちが》っています」

依都は里のみんなを心から尊敬している。みんなのように立派な忍びになりたいと思っている。だから……彼らの決断は尊重しなければならない。泣くなんて言語道断だ。

「馬鹿はお前だ。だから忍びは旧時代的な単細胞《たんさいぼう》だと言うんだ」

「はい？」

一瞬《いっしゅん》しんみりとした空気を、悠臣は罵詈雑言《ばりぞうごん》でばっさりと切り捨てた。あまりの言いように思わず依都が突《つ》っかかると、追加の悪態が倍返しのごとく押し寄せてきた。

「なんでそう全か無かみたいな短絡的《たんらく》なものの考え方しかできないんだ。事実としてお前の家族は反乱を止めたんだろう？　ならばそれを立派だと誇ることと、その死を悲しむことは別物だろ。それとも何か、泣いたらその事実が消し飛ぶとでも言うのか」

「そ、そうじゃないですけどっ。泣くなんて覚悟が足りないっていうか、みんなの死を否定するみたいで申し訳ないというかっ」

「だからその考え方がおかしいと言っているんだ。まあどうしても単細胞のままでいたいというのならば止めはしないけどな」

「えっ……」

自分で口答えをしたくせに、急に手のひらを返されて依都の威勢《いせい》がひゅんっと萎《しぼ》んだ。それを知ってか知らずか、悠臣は追い打ちをかけてくる。

「だってそうだろう？　お前が身を置く旧時代的な価値観が否定して勝手に孤立無援《こりつむえん》を決

め込もうとも俺の知ったことではない。世界の大多数を占《し》めるのはお前みたいな愚《おろ》かな単細胞で、だからこそ過《あやま》ちを犯《おか》すしその尻拭《しりぬぐ》いをするのが俺《スパイ》たちだ。たとえ望まれなくてもな」

「っ……。旧時代的で悪かったわね――」

どうしてこの男はいつもいつもいつも一言多いのか。

堪忍袋《かんにんぶくろ》の緒《お》が切れた。忍びを馬鹿にするにもほどがある。一矢《いっし》報《むく》いてやろうと思いつく限りの悪態を浮かべ、

「だから」

食ってかかろうとした矢先、依都の言葉を遮《さえぎ》って悠臣が口を挟《はさ》んだ。

「俺の前では泣いたって別に気にしない」

「……え？」

「単細胞がうっとうしく泣いたくらいで見捨てるほど度量は狭《せま》くない。家族は世界を救った、誇らしい、でも悲しい……それでいいだろ」

きょとんとして、依都は目をぱちくりとさせた。

一族の決断を、依都は誇りに思っていた――思おうとした。寂《さび》しいとか、置いていかないでとか……死なないで欲しかったとか。そんなことが頭をよぎるたびに罪悪感が押し寄せて、家族の選択《せんたく》を心の底から支持してあげられない自分はなんて悪い子なんだろうと思

っていた。

思っていても……いいのだろうか。寂しいとは思っていてもその生き方を誇りに思えるのならば、彼らの選択を否定することにはならないのだろうか。

その疑問に答えるように、悠臣が続けてぼそりと言った。

「お前はたったの六歳で家族の死という絶望に直面し、なのにその高潔さを理解して忍びの生き方を自分の道にすると決めたんだろ。それが正しいかは別としてなかなかできることではないし……すごい、とも思う。だから泣くくらい好きにしても罰《ばち》はあたらないだろ」

これは本当に、あの冷酷無慈悲《れいこくむじひ》と噂《うわさ》される夜叉子《やしゃご》の言葉だろうか？

無神経な悠臣の言葉は簡単に依都の神経を逆なでするから、普段《ふだん》隠《かく》している本音を勝手に引きずりだしてついつい反論してしまう。しかし当人はそんなものに興味がなく、だからこそこちらも自己嫌悪に陥ったりせずにへっちゃらだ。

その無関心さが心地《ここち》よくて、身体《からだ》がふわりと軽くなった気がした。長年燻《くすぶ》っていた罪悪感がすうっと晴れていく。

「悠臣様って人を褒《ほ》めることもできるんですね」

心持ち声を弾《はず》ませて言うと、悠臣が渋《しぶ》い顔をして依都を睨んだ。

「なんでそうかわいげがないんだ、お前は」

とか何とか吐《は》き捨てて、悠臣は再び歩きだした。

「まあ心配しなくても、お前より先に俺は死なん。薄情《はくじょう》で自分勝手なスパイだからな」

「……悠臣様こそ、なんでそう憎《にく》まれ口しか叩《たた》けないんですか。だから夜叉子って呼ばれるんですよ」

「悪かったな、夜叉で」

悪態に悪態を返しあって、依都は悠臣のあとに続いた。それが何だか楽しくてついにこにこしながら大きな背中を眺《なが》めていたとき……はたと気づいた。

いつの間にか、小走りしなくても悠臣に追いつけるようになっている。ぽかんとしてあたりを見回せば、周囲を歩く人がどんどん依都たちを追い越《こ》していた。

(もしかして……わたしの速度にあわせてくださっている？)

思い至った可能性に、一度はまさかと否定する。しかしそれまで追い抜《ぬ》いていたはずのお年寄りや子どもまでもがすいすいと依都たちを追い越していき。

歩けば歩くほどに、依都の足取りにあわせてくれているのだと認めざるを得なくなった。

(本当にこの人は、何を考えているんだか……)

浮《う》かれた気分が一転して今度は歯がゆくなってしまい。気づけば依都は悪態もそぞろに、動く悠臣の足を黙《だま》って見ていることしかできなくなった。

十字路を曲がった先で突然人混み《とつぜんひとご》にでくわした。人垣《ひとがき》の向こうからは小太鼓《こだいこ》や鉦《かね》を叩く音が小気味よく響《ひび》いており、時折歓声《かんせい》があがっては口上がそれを煽《あお》って拍手喝采《はくしゅかっさい》を巻き起こす。

「なんでしょう？」

つられて依都は足を止めた。しかし背の低い自分の視界では他人の背中が映るばかりだ。

「こっち」

「って、うわっ」

突然依都の背中を悠臣が押した。

「とっ、とっ……」

多少よろめきながらも人垣を押しのけて（悠臣が支えているので転びはしなかった）、強引《ごういん》な誘導《ゆうどう》によって人垣の一番前にでると、たちまち依都はその光景に目を奪《うば》われた。

「わあ……」

派手な格好をした一行が、ある者は太鼓を叩き、ある者は芝居《しばい》がかった口調で道行く人を呼び止めている。

先頭の男は顔を白塗《しろぬ》りにして、今時珍《めずら》しく髷《まげ》を結《ゆ》っていた。最後尾《さいこうび》にはでたらめな格好をしたお侍《さむらい》様がいて、見るからに張りぼての刀を引き抜くといきなり斬《き》りあいを始めてみせた。

よく見れば一人は女性らしく、高く結いあげた髪《かみ》をなびかせて悪人顔の男たちをばったばったと斬り捨てる。男は大仰《おおぎょう》な仕草で道ばたに倒《たお》れると死んだふりをした。女侍がその背に足を乗せて大見得を切ったところで、ぶわっと歓声が沸《わ》き起こる。

「悠臣様！　あの人死にました、女侍が倒しましたっ」

思わず依都も悠臣の羽織を引っ摑《つか》み、数歩駆《か》け寄ると指を差して振《ふ》り返った。

「そんなに楽しいか？」

一方の悠臣はいつもどおり。つまらなそうな顔をして先ほども訊《き》いたような台詞《せりふ》を繰《く》り返す。

指を差した格好のまま、依都はきょとんとなって立ち止まった。

確かに周りで歓声をあげているのは子どもたちばかりで、大人はにこにことしてはいるもののはしゃいではいない。さすがに悠臣のような仏頂面《ぶっちょうづら》は一人もいなかったけれど。

答えに窮《きゅう》して固まっていると、悠臣は困ったように後頭部を掻《か》いた。

「あー……水を差すつもりではなかった。そんな顔するな」

「別に……」

答えて依都はすまし顔を取り繕《つくろ》う。

「あれはちんどん屋だ」

「ちんどん屋？」

「近くの芝居小屋の者たちで、この時間にいつもこのあたりを通っては、ああして芝居の宣伝をしている」

「お芝居。どうりで……」

依都は再び女侍のほうを見た。一度は地面に倒れた男が勢いよく立ちあがり、女侍のことを撥《は》ね飛ばしたところだった。女侍が盛大《せいだい》に尻餅《しりもち》をつくと、男がその隙《すき》をついて反撃《はんげき》に転じ再び斬りあいが始まってしまう。

「ああ、あの男！　性懲《しょうこ》りもなく！」

知らぬ間に依都は拳《こぶし》を握《にぎ》り「観念しろっ、ああ、このっ」と女侍を応援《おうえん》している。

しばらくして、一連の見世物《みせもの》が終わるとちんどん屋一行は一礼をして、何事もなかったかのように歩きだした。おそらく場所を変えてまた同じことをするのだろう。彼らがいなくなると蜘蛛《くも》の子を散らしたように観衆も散り散りになっていく。

「行くぞ」

その声で依都も我《われ》に返った。振り向くとすでに悠臣も歩きだしている。

慌《あわ》ててあとについていくと、程《ほど》なくして先ほど飴《あめ》細工の屋台がでていた大通りに戻《もど》った。変なの。結局ここに戻るのなら、あのまま脇道《わきみち》になんて入らなければよかったのに……。

そこまで考えて、依都は悠臣の言葉に違和感《いわかん》を覚えた。

〝この時間にいつもこのあたりを通っては、ああして芝居の宣伝をしている〟

もしかして……時計を見ていたのは、ちんどん屋の居場所を確認《かくにん》するためで。依都が街歩きは初めてだと言ったから、わざわざ遠回りをしてあの光景を見せてくれたのでは。

(だとしたらこの人は、本当は優《やさ》しい人なのかもしれない……)

そんなことを思ってから、しかしすぐに依都は頭が混乱するのを感じた。

優しい？　出会ってすぐに刃物《はもの》を突《つ》きつけ、利用するために籠絡《ろうらく》を目論見《もくろみ》、信用せずに盗聴器《とうちょうき》を仕掛《しか》け……〝俺のために死ね〟と命じる、この薄情者のスパイ男が？

わからない。本当にいったい、この人は何を考えているんだか——。

だから依都は、無表情を取り繕って悠臣の背中を追いかけた。これがまた悠臣の策略だったならば、思惑《おもわく》通りにほだされるのも癪《しゃく》に障《さわ》るので。

そんなふうに取り繕う自分はかわいげがないなと、頭ではわかっていたけれど……。


「ついたぞ」

たどり着いたのは、赤煉瓦《あかれんが》でできた大きな建物だった。一階部分に等間隔《とうかんかく》でドアが並び、悠臣はそのうちの一つの前で立ち止まっている。看板には〝オートクチュール〟と書かれた文字。依都にはその意味がわからない。

悠臣に背中を押されて中に入ると、ワンピースを着た断髪《だんぱつ》姿の女性が近寄ってきた。いわゆるモダンガールというやつだ。やや恰幅《かっぷく》のいい中年女性だったが、その服装はとてもよく似あっていた。

「あらお珍しい。今日は女性連れなんですね、悠臣様」

「まあな。うちの嫁《よめ》に服を仕立ててもらいたいんだ」

「えっ」

用事ってそれっ？

びっくりして悠臣を仰《あお》ぎ見る。しかし悠臣と店主は依都を無視して会話を続けた。

「まあ奥様でしたの。それはそれは、ご結婚《けっこん》おめでとうございます」

「それで悪いんだが、急ぎでドレスを一着頼《たの》みたい。一週間後に入り用でな」

「お安い御用《ごよう》ですよ。でもそのかわり、今後ともよしなに」

「いいだろう。これからもこいつの服は必要だしな」

二人のあいだで利害が一致《いっち》すると店主がこちらにつやつやとした笑顔《えがお》を向けた。

「では、採寸を致《いた》しましょうねえ」

嫌《いや》な予感がしてあとずさるが、とんっと背中が何かに触《ふ》れた。悠臣だった。がっちりと肩《かた》を摑まれて逃《に》げ場を失い、これ幸いと店主がにじり寄ってくる。

「いや間に合ってます！」

「どこがだ。パーティーで必要だろうが」

そういえば、と。今になって依都は、洋装を一着も持っていないことに気がついた。デビュタントのときのドレスだって借り物である。

しかしそれとこれとは話が別だ。既製品《きせいひん》ならまだしも、身代わりの身で特注品なんて貰《もら》った日には夜も眠《ねむ》れなくなってしまう。ただより高いものはないのだ。受け取ったら最後、どんな見返りを求められるかわからない。

「デビュタントのドレスでいいです、お古で十分です」

「往生際《おうじょうぎわ》が悪い」

ぐいと腕《うで》を引っ張られ、店主とともに採寸用の小部屋に押し込められた。

「採寸が終わるまでは迎《むか》えに来ないからな」

なんと卑怯《ひきょう》な。きょろきょろとしていたのでここまでの道のりなんてまったくもって覚えていない。これでは自力で帰れない。もしやちんどん屋を見せたのも、すべてはこのための作戦だったのではなかろうか。

「では始めましょうねえ」

言うなり店主が依都の着物を引っぺがしにかかった。抵抗《ていこう》するがものすごい力だ。

「や、やめっ」

これは貞操《ていそう》の危機である。必死の思いで店主との押しくら饅頭《まんじゅう》に耐《た》えていると、ドアの向こうから悠臣の笑い声がかすかに聞こえた。

「俺はしばらく外にでている。採寸が終わる頃《ころ》には戻るからな」

言い捨てて足音が遠ざかっていく。ばたんとドアの閉まる音がして足音が完全に聞こえなくなると、

「素敵《すてき》なお洋服にしましょうねえ」

と、店主が巻き尺を構えてにじり寄り、双眸《そうぼう》をぎらりと光らせて依都の背筋を寒くした。

「そこのお兄さん、駄菓子《だがし》買ってかない？」

古くさい駄菓子店の前を通ったとき、ちょうど声がかかって悠臣は足を止めた。並んだ硝子《ガラス》ケースの向こう、小あがりになっている茶の間の縁《へり》に一人の少年が座っている。歳《とし》の頃は十代の半ばくらいで、うちの嫁よりも少しだけ若い。右足を左膝《ひだりひざ》に引っかけて座っているというお世辞にも行儀《ぎょうぎ》がいいとは言えない格好の少年は、学生服の上に店名の入った羽織を着ていたのでおそらく店番なのだろう。

「駄菓子を買うような歳に見えるか？」

「童心を忘れない努力は大事だ。今ならおまけつきの酢昆布《すこんぶ》が残ってるよ」

「いらないと言ってるだろ」

「はー？　人気商品なのに？　目玉特典の横綱《よこづな》めんこはすぐに売れちゃうよ」

「そんなものでつられるか。まあ女向けのおまけがあれば買ってもいいが」

「たとえばどんな？」

「玩具《おもちゃ》の指輪とか」

少年は黙《だま》って悠臣を見つめた。悠臣は面倒《めんどう》くさそうな顔で応じる。

しばらくの沈黙《ちんもく》のあと、

「あるよ」

少年がポケットから取りだしたのは、青灰色の硝子玉が台座に納められた指輪だった。

それを無造作に硝子ケースの上へと置いて、

「はい、新しい盗聴器」

「……迅速《じんそく》に用意してくれるのは大変にありがたいんだがな、Q《キユウ》」

しれっと言う駄菓子店〝究《キユウ》〟の店番――情報局御用達《ごようたし》のエージェントQに向けて、悠臣は深い溜《た》め息をついた。

「いい加減この合い言葉はやめないか」

「嫌だね。おれは用心深いんだ。決められたとおりにやってくれなきゃ降りるからな」

ガキのくせに面倒くさいやつだ。いやガキだからか？　悠臣は重ねて溜め息をつく。

「で？　前のはお嫁ちゃんに壊《こわ》されたんだって？」

「野猿《のざる》だからな、うちの嫁は」

「なのにまた作らせるなんてさあ。NN《エヌツー》も本当に懲《こ》りないね。キングに信じてあげたらって言われたんじゃなかったの？」

キングとは情報局局長、つまり鷹英のコードネームである。

「それとこれとは話が別だ」

指輪を手に取って悠臣が眺《なが》める。Qは自分から訊《き》いておきながら興味なんてまるでないという感じでそれを見ている。

「ま、何だっていいけどねおれは。ちなみにそれ、新しく作るついでに改良もしておいたよ。一回り小さくなったから」

「……すごいな。実用化できただけでも奇跡《きせき》だというのに」

「おれを誰《だれ》だと思ってんの？」

Qはあっけらかんとして言ってのけたが、しかしそれで気分がよくなったのか「そうだそうだ」と茶の間の奥に引っ込んで、次に戻《もど》ってきたときには手に口紅を持っていた。

「ついでにいいもん作ったから使ってよ」

「女装は専門外だが」

「やだなあ、奥さんのだよ。口紅型の自動拳銃《ピストル》。小型化するのに苦労したんだぜ、それ」

「成る程《ほど》。ありがたく受けとるが……あいつが銃《じゅう》を扱《あつか》えるとは思えんな」

旧時代的な催涙弾《さいるいだん》を使っていたし、こういったものとは無縁《むえん》そうである。

着物の袖《そで》にしまおうとして、ふと視界の隅《すみ》に赤い何かがちらついた。目を向けると曼珠《まんじゅ》沙華《しゃげ》の花が花瓶《かびん》に入っておかれている。〝大特価〟の札がついているので売り物らしい。

「お前、花まで売ってるのか」

「ああそれ？　ほら、彼岸花《ひがんばな》の毒って嘔吐《おうと》や下痢《げり》を引き起こすでしょ？」

「まあ」

「その毒をうまいこと利用して、作用時間をピンポイントで決められる強力下剤《げざい》でも作れないかなと思って。大量に仕入れたついでに売ってんの」

「なんでまた……」

「ターゲットが特定の時間だけ便所にこもってくれたら便利じゃん。家捜《やさが》しとか」

「それはそうかもしれないが……」

Qが一本を手に取って、悠臣に向けてひらひらと振《ふ》ってみせた。

「そろそろ時期も終わるし、買うんならお安くしておくよ」

「金を取る気か」

「いいじゃん。大金持ちなんだから」

悠臣はつい、目が覚めるように赤い曼珠沙華の花を目で追った。脳裏《のうり》に一人の少女が浮《う》かんでは消える。しばらくして、小さく嘆息《たんそく》するとそれを受けとった。

「……情報局にまとめて請求《せいきゅう》しておいてくれ」

「まいどあり！」

守銭奴《しゅせんど》を絵に描《か》いたような笑みでQが答える。

この天才が金にがめつく、そして情報局が……というよりも自分が、潤沢《じゅんたく》な資産を持っていて本当によかったと、これだけはいつも考える。Qが名誉《めいよ》欲の塊《かたまり》ならばもっと別の物を作っていただろうし、情報局が貧乏《びんぼう》であれば金の切れ目は縁の切れ目とばかりに別の組織へ――たとえばティアガルデンなどに加担していただろう。そうなったら厄介《やっかい》すぎる。

「んでどうする？　寄ってく？　キング来てるよ」

Qが顎《あご》をしゃくって背後を示した。茶の間の奥、畳《たたみ》の下には階段があり、情報局が所有する隠れ家《セーフハウス》の一つに繋《つな》がっている。

装備の補充《ほじゅう》や任務の進捗《しんちょく》報告のために時折訪《おとず》れてはいるのだが、

「今日はやめておく。嫁《よめ》を待たせているからな」

踵《きびす》を返して悠臣が言うと、呆《あき》れかえったような、もしくはうんざりしたような少年の愚《ぐ》痴《ち》が背中にかかった。

「うわーやだやだ！　あのNNが所帯持ちみたいなこと言っちゃって！」

「服をひんむかれて、あちこち調べあげられて、これではお嫁にいけません……」

「俺のもとに来ただろう、一応」

うら若い女の服を引っぺがして隅々《すみずみ》まで測らせるとは、なんとまあ鬼《おに》の所業だろうか。

先ほどはもしかしたら優《やさ》しいのかもとほだされかけたが、とんだ勘違《かんちが》いだったと思い直す。

少しは罪悪感でも抱《いだ》かせてやろうかと依都はしくしくと泣いてみせたが、悠臣は呆れた声をあげただけだ。どうやらスパイという生き物は女の涙《なみだ》にも耐性《たいせい》があるらしい。実に残念である。

「さあさ、お次は生地《きじ》を選びましょうねぇ。どのような雰囲気《ふんいき》がいいかしら……」

店主が布見本を抱《かか》えて現れた。机にどんっと置いてめくりはじめ、悠臣がそのうちの一つに手を伸《の》ばしたときだった。袖の中に何かが見えて、依都はそれを指差した。

「悠臣様、袖の中に何か入っていますよ」

「ああ、これか」

悠臣がそれを取りだした。中からでてきたのは、一輪の曼珠沙華の花だった。

「まあ。お花なんて素敵《すてき》ねえ」

店主がうっとりとした顔でその花を見つめる。

「さっき守銭奴の店主に押しつけられたんだ」

と、悠臣は花と依都とを見比べて、何かを思いついたように近寄ってきた。す、と依都の耳にその花をかける。

「生花の簪《かんざし》も悪くないな」

顔色一つ変えないで悠臣が言った。しかし依都は、まるで金縛《かなしば》りにあったかのように動けなくなった。

息ができない。吸うことも、吐《は》くことも。

息をすればその吐息《といき》で何かが溢《あふ》れて、悠臣のことを呑《の》み込んでしまうのではないか。

そんな変な感覚に襲《おそ》われる。

「やはりお前にはこの花が似あうな。洋装もこの雰囲気であつらえてくれ」

耳に触《ふ》れていた悠臣の指が離《はな》れていく。触れても刺々《とげとげ》としていない指だった。だから血は流れていないはずなのに。そこだけが妙《みょう》に脈打って、鮮血《せんけつ》が溢れているみたいに熱かった。

「ようございましたね、奥様」

ふふふ、と店主が笑った。惚《ほう》けた顔で声のしたほうを向く。

「お優しい旦那《だんな》様で」

店主の言葉が脳内で無限にこだました。

そのせいでもう、何も考えられなくて。

「はい」

つい、依都はそんなふうに答えていた。

Mission4 潜入準備を完璧にこなし、以て主君を籠絡せよ

「さあ、よってらっしゃい見てらっしゃい！　豪華《ごうか》景品のあたる射的だよ！」

「はいはいはーい。俺やりまーす！」

「ほい、じゃあ四発！　いってみよう！」

「えいっ、えいっ、えいえいっ」

「はーい、三等の鼠《ねずみ》が一つ、六等の兎《うさぎ》が一つね！」

「あちゃー二発も外したか。ハンドガンは苦手なんすよねぇ」

「そっちのお兄さんは？　やってみない？」

「わたしですか？　じゃあちょっとだけ……」

「うおおっ、全弾《ぜんだん》命中！　あんた本当にただの書生か⁉」

「命中といっても全部六等ですから」

「嫌《いや》みぃ。ではそっちの、縁側《えんがわ》で書類と格闘《かくとう》中のお兄さんは？」

「やらん」

「えー」

「じゃあわたしやります！」

「お、いいねえお嬢《じょう》ちゃん。ほら弾《たま》だよ」

「待てお前、銃《じゅう》なんて扱え――」

「えいやあっ」

ぱんぱんぱんぱんっ。

「ぎゃーっ」

テンポよく四発の銃声が鳴った。しかし放たれた弾丸はすべて明後日《あさって》の方向へと飛んでいき、そのうちの一発は店主（背中に〝究〟の字が書かれた羽織を着ている）の足もとを穿《うが》ち、次発は羽織の裾《すそ》を射貫《いぬ》き、最後は少年の耳朶《みみたぶ》をかすめて。口紅型の拳銃《けんじゅう》からゆるゆると硝煙《しょうえん》があがるのを確認《かくにん》し、少年はずるりとへたり込んだ。その顔はぴくぴくと引きつっている。

「こ、殺す気かこのノーコン忍《しの》びっ！　実弾だぞこれ！」

射撃《しゃげき》大会を開催《かいさい》していた店主Q《キュウ》は、何とか正気を取り戻《もど》して大声をあげた。

そこは東堂園家の離れにある庭だった。的として用意されているのは空《あ》き缶《かん》で、誰《だれ》が描《か》いたのか下手《へた》くそな動物の絵が貼《は》りつけてある。あるものは机に置かれ、あるものは木から吊《つ》りさげられ。Qによると〝机置き〟が六等で、ぶらさがっているのがそれ以上だそうだ。

服を仕立てに行った日から一夜明けて、今日は潜入任務《せんにゅう》に備えてQが開発したスパイグッズの見本市が開催されていた。しかしただ渡《わた》しても面白《おもしろ》くないからと「射的の景品にしようよ、毒花ちゃんの腕前《うでまえ》も知りたいし」と早乙女が言いだしたのでこんな大惨事《だいさんじ》になっている。

「だって初めてなんだもの。こんなに反動があるなんて聞いてないし」

依都が口紅型の拳銃を掲《かか》げてみせる。組みたてることで四発装塡《そうてん》の銃になる優《すぐ》れものだったが、撃《う》ったときに銃口が跳《は》ねあがってしまい狙《ねら》いがうまく定まらない。

「はー？　それほとんど反動ないけど？　自分のノーコンっぷりをおれのせいにしないでもらえますかー？」

「かわいくない……」

初対面なのにこの言いよう。Qはたいそう憎《にく》らしくていらっしゃる。おそらく自分と同じ歳《とし》か、少し下だと思われるのに。

「まあ約束は約束だからな。ほれ、外れの景品をやるよ」

「何これ？」

「爆弾糸《ばくだん》。特殊液《とくしゅ》を染《し》みこませるとあら不思議、爆弾に。依都の糸は爆弾糸……なんちゃって」

「まさかの親父《おやじ》ギャグっ！　さむっ」

「じゃあこっち。びっくり忍刀。刺《さ》したと思ったら刀身が中に入るので怪我《けが》をしない」

「刺せない忍刀にどんな意味が⁉」

「わがままだなー。じゃあこれ、食べられるまきびし。金平糖を極限まで硬《かた》くしたもので非常食にもなる優れもの。しかし食べれば口の中が血だらけに」

「絶対にいらない！」

「なんだこの嫁《よめ》、わがままだぞ！」

「何ですって？　ほんっとかわいくない！」

むかっときて、依都は銃を掲げてまくしたてた。

「この銃が扱《あつか》いにくいんです！　早乙女さんや柏木さんは普《ふ》通《つう》の銃じゃないですか！」

びしりと指を差す。早乙女は普段から愛用している自動拳銃を使っているし、柏木はそれを借りていた。自分だけがＱ特製のわけがわからない銃である。絶対にこの銃が失敗作なのだ。それを証明するために依都は縁側へと駆《か》け寄った。

「悠臣様！　ほらこれ、使ってみてください！」

書類と悠臣の顔のあいだにずいっと銃を突《つ》きだした。

ちなみに今日も表の仕事は非番だが、東堂園家が経営する会社に父の名代で顔をだすとかでスリーピーススーツを着ていた。手に持っているのも小難しい経営報告書だ。

「俺は今忙《いそが》し――」

「失敗作だったら任務に差し障《さわ》りがでますよ！　いいんですかっ？」

「……」

溜《た》め息とともに悠臣が受けとり、中折れ式に銃を開くと弾を込めた。しかし視線は書類に落としたまま。銃口をＱのほうへと差し向ける。

「ちょ、あぶな――」

叫《さけ》んだのは依都だけだった。

ぱんぱんぱんぱんっ。

四発の銃声が重なるようにして鳴った。刹那《せつな》、一番高いところにぶらさがっていた空き缶がわずかに揺《ゆ》れて――。

風が激しく煽《あお》るので一等に指定されていたその缶に、ほぼ重なるようにして四つの穴が開いていた。

「あの暴れ缶を撃ったの……？　しかもまったく同じところに四発も……？」

自分は五メートルの距離《きょり》からでもまったくあたらなかったのに、悠臣はノールックで倍の距離へと当ててみせた。しかも風で動く的に。

絶句する依都とは対照的に、周囲はあまりにもあっけらかんとしていた。

「まあ隊長だし」

「ＮＮ《エヌツー》だもんな」

「悠臣様ですからね」

……悔《くや》しい。

なんだか非常に悔しい。

「い、いいわ！　なら棒手裏剣《ぼうしゅりけん》で残りのぶらさがっている缶をすべて落としてみせる！

それでノーコンじゃないって証明する！」

「別に証明する必要は――」

悠臣が言いかけた言葉を遮《さえぎ》って、

「だから成功したらご褒美《ほうび》をください！」

宣言しつつ的のほうを指差した。そこにはあと四個の缶がぶらさがっている。

「褒美？　何が欲しいんだ」

「お小遣《こづか》いが欲しいです」

「なんだそれ。欲しいものは何でも用意すると言ってるだろ」

「いやあの、そうではなくてですね……」

確かに悠臣は言えば何でも用意してくれる。くれるのだが……。

実はこのあいだの外出以降、依都にはどうしてもやってみたいことがあったのだ。

「一人で、買い物をしてみたくてですね……」

「……？」

怪訝《けげん》な悠臣の視線にちょっとだけ依都はたじろいだ。それでも諦《あきら》めきれなくて。

「この賑《にぎ》やかな帝都《ていと》で、自分で選んで買い物をしてみたいなって……」

別に悠臣との外出に不満があったわけではなかった。あーだこーだと言いながらする買い物もそれはそれでかなり楽しくて。ただ少しだけ、一人で冒険《ぼうけん》してみたいなと思ってしまい。

「いいだろう」

悠臣の返答でぱっと顔をあげた。「それの何がいいのかはわからんが」となおも怪訝そうな顔はしていたが別に止めるつもりはないらしい。

依都はにこりと微笑《ほほえ》んで、四本の棒手裏剣を指のあいだに挟《はさ》み込んだ。

「約束ですよ!」

と、念押ししてから向き直る。

「えいっ!」

一気に投げた。四本すべてが缶の少し上をいき——。

「は、ノーコン!」

Qが笑う。

「いや……」

悠臣が目を細める。

次の瞬間《しゅんかん》には、四つの缶がすべて地面へと落ちていた。

「なっ……」

「嘘《うそ》っ……」

「おやおや……」

「……」

四本の棒手裏剣は、缶をぶらさげていた糸だけをぷつりと切っていた。

依都はどうだ参ったかという面持ちで振《ふ》り返り、みんなの間抜《まぬ》け顔（といっても悠臣だけはいつもどおりのしかめっ面《つら》だが）をにんまりと眺《なが》めて。

「約束は守ってくださいね！」

「……ああ」

悠臣がどこか不機嫌《ふきげん》そうに吐《は》き捨てるのを依都はにこにことしながら聞いていた。だって言質《げんち》は取っている。

依都は褒美の催促《さいそく》をすると、浮《う》かれた足取りで棒手裏剣を拾い集めた。

「こういうことじゃ……ないんだよ……」

先ほど買ったばかりの酢昆布《すこんぶ》をかじりながら、依都は恨《うら》めしげにぼやいていた。すかさ

ず女店主が飛んできて、

「こちらの帯はお気に召《め》しませんでしたか？　ではあちらは？」

と訊《たず》ねてくる。依都はその女店主を撒《ま》くように踵《きびす》を返すものの、今度は隣《となり》の文房具店《ぶんぼうぐ》が走り込んできて依都の足を止めさせた。

「まあまあ、東堂園の若奥様。そうお急ぎにならないで。今日は貸し切りですのよ。もっとゆっくりごらんになって——」

「わたしは！　もっと気軽な感じで街歩きがしたかったの！」

唐物《からもの》の文鎮《ぶんちん》（高価）を勧《すす》めてくる店員を振り切って、依都はぷんすかしながら玄関《げんかん》へと向かった。

買い物をしてみたいという依都の願いは問題なく聞き入れられたが、そこには大きな齟《そ》齬《ご》があった。悠臣はなんと、帝都一と言われる百貨店を貸し切って「欲しいものは店員に言え。お代はあとで払《はら》っておく」と言って依都を百貨店に置き去りにすると仕事に向かったのだ。先日のように街を歩いて、飴《あめ》細工や駄菓子《だがし》を買うつもりだった依都は絶望である。

百貨店の中になんとか駄菓子も扱う店を見つけてひとまず酢昆布を買ってみたものの（とはいえお金を渡《わた》していないので盗《ぬす》んだような気分になりつつ）、知っている酢昆布の味ではなくて不満が募《つの》る。

お上品すぎるのだ。もっと顔を歪《ゆが》めるほどの酸《す》っぱさのある不健康食品《ジャンクフード》が食べたいのである。東堂園家の食事はおいしいがそれこそお上品すぎている。

当主が病に倒《たお》れて一時は業績が悪化したらしいが、悠臣が経営に口をだすようになってからというもの、東堂園財閥《ざいばつ》の勢いは持ち直すどころかうなぎ登りで、今では番頭にほとんどの経営を委《ゆだ》ねても安定して成長中らしい。

そんなお家の若奥様を百貨店が放《ほう》っておいてくれるはずもなく。のんびりと買い物なんてできやしなかった。

「もう帰ろ……」

結局お金も渡してもらえず（いらないだろと言われた）玄関では送迎《そうげい》用の人力車が待っている。寄り道もできない絶望を感じながら玄関に向かうと、下足番が誰《だれ》かともめていた。

百貨店は履《は》き物を下足番に預けることになっている。ということはつまり、預けないことには中に入れないということだが、どうやら店に入りたい客と預かるのを拒否《きょひ》する下足番とで言い争っているらしい。

「お嬢様《じょうさま》、どうかお帰りくださいっ」

「なんでよ。わたしはここの食堂でアイスクリームサンデーが食べたいのよ」

「ですから今日は貸し切りで……」

「百貨店を貸し切れる大富豪《だいふごう》なんて東堂園家くらいじゃない。そんな嘘でわたしを欺《あざむ》けるとお思いなの？」

「いやですから、その東堂園家が……」

聞こえてくる会話からしてなんだか面倒《めんどう》なことになりそうである。こっそり覗《のぞ》き見ると、そこには見覚えのある顔があった。

「わたしが武笠千華子と知っての狼藉《ろうぜき》かしら？」

「存じております、存じておりますが今日は何卒《なにとぞ》……」

ベレー帽《ぼう》に膝下《ひざした》のワンピースをあわせたモダンガールの装《よそお》いをして、公爵《こうしやく》令嬢、武笠千華子が仁王立《におうだ》ちしていた。これは絶対に厄介《やっかい》なことになる展開である。ばれないように依都は慌《あわ》てて踵を返すが。

「あら、あなた東堂園美緒じゃないの！」

呼び止められて、依都は渋《しぶ》い顔になった。恐《おそ》る恐るでていくと、千華子が呆《あき》れた顔をこちらに向ける。

「まさか本当に東堂園家が貸し切ってるなんて。できる財力はあると思ったけど、冗談《じょうだん》で言ったのよわたし」

「……でしょうね。わたしも冗談であって欲しかったですよ」

伸《の》び伸びとした買い物を所望《しょもう》していたのはこちらも同じである。

「ま、いいわ。それなら話が早い。わたしも入っていいでしょう？」

「え？　なんでっ」

「なんでってアイスクリームサンデーが食べたいからよ。元義理の姉の婚約者《こんやくしゃ》の妹のよしみで受け入れなさい」

元義理の姉の婚約者の……何だって？

関係がややこしすぎてまったく頭に入ってこない中、武笠千華子は高慢《こうまん》な理屈《りくつ》を高慢に言い捨てて編みあげ革靴《かわぐつ》を脱《ぬ》ぎはじめた。


まあるくて茶色い氷菓《ひょうか》の上にホイップクリームとバナナが添《そ》えられ、硝子《ガラス》の器《うつわ》に盛られている。千華子が細長い銀の匙《さじ》で一口すくって頬張《ほおば》ると、途端《とたん》に頬《ほお》を押さえてうっとりとした顔になった。

「んー、甘くて冷たくておいしー」

「そ、それが……アイスクリームサンデー……」

依都はそんな様子を食い入るように眺め……湯飲みに入った茶を啜《すす》っていた。

「ねえ、そんなに見てるならあなたも食べたら？　今日の支払《しはら》いは全部悠臣様なのでしょう？」

食べづらそうに千華子が顔をしかめたが、依都は揺《ゆ》れる緑色の液面へと視線を落とし、

「だって、持って帰れないのでしょう？」

ぼそりと言った。

「氷菓だもの。溶《と》けちゃうわ」

「なら、だめ」

緑茶を啜って、口の中に溢《あふ》れる唾液《だえき》をごまかした。

「わたしだけなんて、悪いもの」

「はあ？　あなたそんなことを気にしてたの？」

千華子が呆れて銀の匙を横に振《ふ》る。

「悠臣様なんて食べ飽《あ》きてるわよ。気にせず食べなさいな」

「そうかもしれないけど！」

どうせなら、最初は一緒《いっしょ》に食べたいな……なんて。

「ははーん、あなた」

「な、何」

千華子が一欠片《ひとかけら》のバナナをすくい、ぱくんと頬張ってから。

「旦那《だんな》様が大好きってのはわかったけど」

「そんなんじゃないっ」

だってこれは契約《けいやく》結婚でっ。

勢い込んで否定をしたが余計に変な感じになった。追撃《ついげき》を覚悟《かくご》して身構える依都。しかしいくら待ってみてもそれ以上の冷やかしはなかった。意外だなと思って顔をあげると、難しい顔で俯《うつむ》いている千華子がいる。

「どうしたんです？　お腹《なか》でも壊《こわ》した？」

「……旦那様が好きなのに、このあいだは悪かったわね」

「このあいだ？」

「夜会のこと！」

「ああ……」

あのあといろいろありすぎてすっかり忘れていたが……。そういえばあの夜は千華子の指示で閉じ込められたりしたんだっけ。

男は逮捕《たいほ》されたと悠臣から聞いているが、千華子に関しては関与《かんよ》を裏づける証拠《しょうこ》がなく、また公爵家の介入もあってお咎《とが》めなしになっている。

正直、聡子さえいなければどうとでもできた依都である。ゆえに被害《ひがい》にあったという感覚はなく、千華子が無罪放免《ほうめん》になってもまったく気にしていなかった。しかし彼女は良心が咎めるのか、苦しそうに声を絞《しぼ》りだす。

「まさか、あの男があんなことをするなんて。普段《ふだん》は気の弱い、真面目《まじめ》な男なのよ。言い訳にしかならないけど……」

千華子の目が潤《うる》んで光った。つっかえながらも言い切るのを、依都は黙《だま》って待っている。

「わたし、兄とは馬があわなくて。兄を敬えない自分はなんて悪い子なんだろうと思ってた。でも鈴鹿お姉様はそれでいいんだよって言ってくれて。なのにわたしは、助けて、あげられなくて……。だから、あなたを使ってその恩を返そうと思ったのよ。金に目がくらんで商家に嫁《とつ》ぐ没落《ぼつらく》令嬢なんて、あの夜会では格好の的だから。閉じ込めて不参加にしちゃおうって。そうすれば嫌《いや》がらせも受けないし……。でもそれって、つまりは自分が救われたかっただけなんだって気がついたの。だから、本当に……ごめん、なさい」

今にも破裂《はれつ》しそうな涙《なみだ》をためて一生懸命《いっしょうけんめい》に話す千華子を見ているうちに、依都はなんだか憎《にく》めない気持ちになってしまった。

不器用な彼女にはあれが精一杯《せいいっぱい》で、そしてお嬢様育ちには大惨事《だいさんじ》になる可能性なんてまったく想像ができなくて。それがすごく伝わってきたので。

「いいですよ、もう。結局何も起こらなかったし」

「ほ、ほんと？」

「ほんとです」

そう告げると、千華子は顔をあげた。結局一粒《ひとつぶ》だけ涙が零《こぼ》れたが、その顔には笑《え》みが浮《う》かんでいる。依都もつられて笑ってしまった。

「ならお詫《わ》びと言ってはなんだけど……いいことを教えてあげるわ」

「いいこと？」

涙をハンカチで拭《ぬぐ》った千華子は、気を取り直すようにサンデーのホイップクリームを口いっぱいに含《ふく》んでから。真剣《しんけん》な顔をして言いきった。

「旦那様が好きなら、もっと身なりに気を使ったほうがいいわよ。飽きられてしまうわ」

「え？」

言われて依都は今日の格好を見おろした。悠臣が用意してくれた着物のうち、落ち葉色の着物に銀杏《いちょう》色の羽織をあわせている。どちらも目が飛びでるほどの値打ちがあり、これを汚《よご》したくないからサンデーを食べないというのもある。

上質な着物を着ているのに、千華子がどうしてそんなことを言うのかがわからなかった。

「わからないの？　今時モガしかはやらないのよ！」

「モガって……今ぶりっ子さんがしているような格好のこと？」

「ぶりっ子じゃない、武笠千華子！　……そう、こういう洋装が今一番男性をときめかせるんだから。そもそもその年齢《ねんれい》で落ち着いた色の着物を着ているのが間違《まちが》いよ」

「はあ……」

そんなことを言われても、着せられるままにドレスを着るのが精一杯の依都にはそんな格好はできそうもなかった。それに契約結婚なので、別段悠臣をときめかせる必要性はないのである。

「仕方ないわね。サンデーのお礼とこのあいだのお詫びもかねてわたしが選んであげるわ」

「ええっ」

いつの間にか食べ終わっていた千華子が席を立った。それでも動こうとしない依都の手を引いて立ちあがらせて。

「ちょうどよく百貨店にいるんだもの、行くわよ」

そう言うと千華子は、依都の手を握《にぎ》ったまま先陣《せんじん》を切って歩きだした。


人力車で百貨店まで送り届けて、今日は貸し切りだと伝えたときの嫁《よめ》の顔が頭から離《はな》れなかった。絶望を隠《かく》しもせずに呆然《ぼうぜん》と建物を見あげる姿は心底腹をよじれさせた。

もちろん嫁の真意はわかっていたが、嫁入り初日に命を狙《ねら》われたことや夜会でのことを踏《ふ》まえると一人で街歩きなんてさせられるわけがなかった。それでも褒美《ほうび》を目指して生き生きとする嫁を見たいという欲が勝ってしまい——。

結果反故《ほご》にもできずに、百貨店を貸し切るという強硬《きょうこう》手段にでたわけだが。

再び絶句する嫁の顔を思いだし、悠臣はわずかに口の端《はし》をつりあげた。

「君が思いだし笑いなんて珍《めずら》しいね、ＮＮ」

「いえ……」

咳払《せきばら》いをして悠臣が居直る。執務机に頬杖《ほおづえ》をついてこちらを見あげる上司——コードネーム・キングこと鷹英はにこにこと温かい笑みを向けてくる。

駄菓子《だがし》店〝究〟の地下にある隠れ家《セーフハウス》の一室。鷹英が裏の仕事をする際の執務室に悠臣は来ていた。地下なので当然窓はないが品のいい西洋アンティークが揃《そろ》えられており、鷹英はこの部屋が一番落ち着くと言ってよくこもっている。今日悠臣がここに来たのも、引きこもったきり音沙汰《おとさた》のない上司に進捗《しんちょく》を確認《かくにん》するためだった。

「それで、やつはどうでした？」

「うん。君の読みどおり、あの武笠家の使用人からも阿片《あへん》が検出されたよ」

「やはりそうでしたか」

調べがついたのならさっさと教えてくれればいいものを。悠臣の内心を見透《みす》かしたのか、鷹英は「さっきようやく判明したんだよ」と肩《かた》をすくめてみせた。

「どうやら君と同じく、敵は武笠家を利用しようと考えたみたいだね。君が武笠千華子をけしかけたことには気づいていないだろうけれど、美緒の誘拐《ゆうかい》計画を知ったベルナールは実行役である使用人を取り込んで利用した……そんなところかな？」

鷹英が予想した筋書きは悠臣の考えと同じだった。首肯《しゅこう》して悠臣は続きを引き継《つ》ぐ。

「その筋で概《おおむ》ね間違いないかと。俺が男と〝話〟をしたところ、月見館からさらに別の場所へと移動させるように指示を受けていたそうです。依頼《いらい》人に関しては仲介役《ちゅうかい》から何も知らされていませんでしたが、検出された阿片からしてベルナールで間違いないでしょう」

機密情報を得るために要人を阿片漬《づ》けにしているベルナール。同じ手法で使用人を取り込んだに違いない。気が弱いはずの彼が見境のない暴力衝動《しょうどう》に走った理由もこれで納得《なっとく》ができる。

「ここで君にいい知らせと悪い知らせがある。どちらから聞きたい？」

鷹英がわずかに身を乗りだした。浮かべている笑みには一縷《いちる》の変化もなかったが、こういう言い回しを鷹英がするときには面倒《めんどう》ごとだと相場が決まっている。

「どうせどちらも悪い知らせでしょう。なら初めから悪いと明言されているほうで」

「高柳昌也の死体が見つかった」

「なっ……」

さすがに予期していなかった。絶句して悠臣は息を呑《の》む。

「君が捕《と》らえた高柳の仲間がいただろう？　あいつを泳がせてみたところ美緒同様に襲《おそ》われた」

鷹英はそんな悠臣の様子を見て楽しそうに笑う。どう考えても笑い事ではない。時折この上司は誰《だれ》の味方なのかと頭が痛くなる。

「その襲撃《しゅうげき》犯は捕らえたんでしょう？」

「もちろん。こいつは即席《そくせき》で雇《やと》われた使用人と違い、ベルナールの直属の部下だった。ゆえに彼から〝話〟を訊いたところ、高柳の死と死体の隠し場所を吐《は》いたというわけだ」

「本当に高柳本人なんですか」

「指紋《しもん》が一致《いっち》した。間違いなく高柳昌也だよ」

あがいてみるも疑う余地なく否定されて、悠臣は一度目を閉じた。〝悪い知らせ〟でこれならば、もう一つの知らせはいったいどんな内容なのか。頭の奥にちくちくと痛みを感じながらも仕方なく訊《たず》ねる。

「では、いい知らせとは何ですか」

「有栖川美緒にはまだ利用価値が残っている」

「高柳が死んだのに？」

これが悠臣にとっての懸念《けねん》だった。高柳が金を渡《わた》しに来るのではと考えて〝美緒〟をそばに置いていたのに、高柳が死んだとあってはどう考えてもそれは見込めないからだ。

「死んだからだよ」

悠臣の心配をよそに、鷹英はあっけらかんとして言った。

「どうやら高柳はアンプルを保管している金庫に仕掛《しか》けを施《ほどこ》したようでね」

「仕掛け？」

「金庫には四つの暗証番号が設定されているんだが、一度でも番号を間違えれば金庫は爆《ばく》発《はっ》する仕組みらしいよ」

想像していたよりも高柳は過激な男らしい。

「言わずもがな、爆発すればアンプルは消失するからやつらの手には入らない。そして解《かい》錠《じょう》に失敗した人間はもれなく死んでしまう」

「……」

高柳は借金を帳消しにするために、今回は阿片だけではなく金銭も要求していた。そんな状況《じょうきょう》で仕掛けられた爆弾《ばくだん》。おそらく高柳は、自分なしでは解錠ができない状況を作って交渉《こうしょう》にのらざるを得ない展開にしたかったのだろう。

しかし死体が見つかったということは……。

「もしかして高柳は、あえて暗証番号を間違えて死んだんですか？」

交渉が決裂《けつれつ》し、せめてアンプルの悪用だけでも防ごうと自ら犠牲《ぎせい》になったというのか。

「いいや」

しかし鷹英が即座に否定する。

「頑《がん》として金庫を開けず、番号も吐かず。焦《あせ》ったベルナールが力加減を誤って拷問《ごうもん》で死んでしまったらしい」

「成る程《ほど》……」

そこまで聞いた悠臣は、ある考えに思い至って息を呑んだ。

「もしや美緒が狙われるのは、その番号についてのヒントを知っているから……ですか？」

「そのとおり」

にやりと笑って、鷹英が今度は肯定《こうてい》した。

「たとえ自分が死んでしまっても、アンプルを金に換《か》えて借金を帳消しにしてもらおうとしたらしい。美緒宛《あ》てにだそうとしていた手紙には、金庫の場所と暗証番号のヒントが書かれていたそうだよ」

「その金庫と手紙は今どこに？」

「こちらも君の読みどおり、船上パーティーが行われるあの船に積んであるそうだ。特等船室にある一室が金庫として使われているらしい」

「やはりそうでしたか。船ならば侵入《しんにゅう》経路も限られ、航海中は誰も手だしができないですからね」

「で、君のほうは手に入れたの？」

今度は鷹英が訊ねてきた。悠臣は頷《うなず》き、懐《ふところ》から一通の封筒《ふうとう》を取りだす。白地に金縁《きんぶち》があしらわれた豪奢《ごうしゃ》なそれには〝パーティーへのお誘《さそ》い〟と記載《きさい》されている。

「社交界デビューを果たした美緒宛てに、ベルナールから船上パーティーへの招待状が届きました」

「向こうも正面からきたというわけか」

「二度も襲撃に失敗していますからね。今度は正々堂々と会うことにしたのでしょう」

「先日の夜会は向こうにとってもちょうどいい口実になったんだろう。排他的《はいた》な彼らの社会において、没落華族《ぼつらくかぞく》を呼ぶためには大義名分がいるからね。とはいえ……」

ふと鷹英が目を細めた。思いついたばかりの考えをぽつぽつと吐きだすことによって、思考を整理しているようだった。

「ベルナールは二度も美緒の誘拐に失敗している。そのうえ高柳の処分を命じた部下も帰ってこないとなれば……さすがに美緒の周辺を怪《あや》しむんじゃないかい？　〝東堂園悠臣がNNである〟という思考にまでは飛躍《ひやく》しないだろうけれど、君か、もしくは美緒が情報局と繫《つな》がっている可能性には至っているかもね。潜入《せんにゅう》したところで対策を講じられてしまうかもよ？」

「確かにそれはゼロではありませんが、向こうがそれを承知の上で招待するのならばこちらもそれに乗っかるまでです。船がでてしまえばお互《たが》いに逃《に》げ場はない。対策されたとしてもこちらがそれを上回ればいいし、上回れないのならば死ぬだけです」

きっぱりと言い切ると鷹英の表情から懸念の色が消えた。前のめりだった身体《からだ》をようやく戻《もど》してリラックスした雰囲気《ふんいき》になる。

「それもそうだ。君に上回れない想定はないね、NN」

「もちろんです」

「招待状は夫婦連名《ふうふ》？」

「ええ。向こうはパートナーを重んじますから。夫婦になった以上、ベルナールは俺のことも招かざるを得ない」

契約結婚《けいやくけっこん》にもかかわらず律儀《りちぎ》に祝言《しゅうげん》をあげたのはこれが理由だった。対外的にきちんと夫婦と示すことで〝美緒だけを招待する〟という逃げ道をなくしておきたかったのだ。

「すべて君の思惑《おもわく》通りか。素晴《すば》らしいね」

感嘆《かんたん》とともに、翳《かげ》りを帯びた瞳《ひとみ》を鷹英が細めた。妖艶《ようえん》に笑う姿はまさに王だった。

王命が下る――それは得てして残酷《ざんこく》だ。

「ではミッションを言い渡すよ。わざと敵に美緒を捕《つか》まえさせ、金庫を開けるふりをして時間を稼《かせ》がせるんだ。そのあいだに君は船内を捜索《そうさく》。阿片窟《あへんくつ》や機密情報売買の証拠《しょうこ》を確保する。証拠不十分で摘発《てきはつ》しては国際問題になってしまうからね。そして僕らは港に待機し、船が戻り次第《しだい》全員を逮捕《たいほ》する……言っている意味、わかるよね？」

表情を一切《いっさい》変えずに鷹英が訊ねた。彼とはもう六年のつきあいになる。わからないわけがなかった。

「それはつまり、美緒に死ねと言っていますね？」

「どうしてそう思う？」

「美緒が暗証番号を知らないとわかれば、ベルナールはその場で美緒を殺すでしょう。

諸々《もろもろ》の悪事が彼女から漏《も》れるのを防ぐために」

「うん、そのとおり。さすがNNだ」

あっけなく肯定し、そのうえ念を押すのも鷹英は忘れなかった。

「言っておくけど美緒を助けに行ってはいけないよ。彼女を助ければこちらが動いていることがばれてしまう。そうなれば乗客を人質《ひとじち》に取って逃げる可能性もある。だから悪いけれど、美緒には死んでもらう。稼げるところまでは時間を稼ぎ、もう無理だと判断したらわざと暗証番号を間違《まちが》えて金庫を爆破するように。これならアンプルと一緒《いっしょ》に敵も始末できて一石二鳥だ。最適なプランだとは思わないかい？」

「そのとおり、です」

少しだけ悠臣は言いよどんだ。そのせいだろうか。声を低くして鷹英が言った。

「いいね、アンプルの破壊《はかい》は有栖川美緒の偽者《にせもの》にやらせるんだ。うちの諜報《ちょうほう》員は使わせないよ。鍛《きた》えあげた諜報員を失うことがどれほどの国益を損《そこ》なうか。君ならばわかるだろう？」

「わかっています」

……わかってしまうから嫌《いや》なのだ。悠臣は奥歯を噛《か》みしめる。

きっとベルナールはこちらの想定どおりに美緒をさらって、暗証番号のヒントを伝えて金庫を開けるように迫《せま》るだろう。しかし彼女は美緒本人ではないので、当然ヒントを見ても暗証番号はわからない。
そしてあいつは馬鹿《ばか》じゃない。ベルナールの前で美緒として死ぬことが、彼女を守ることに繋がるとわかってしまう――。
駄菓子《だがし》店をでる頃《ころ》には日が落ちはじめており、ただでさえ長い悠臣の影《かげ》をさらに長くして地面に落とした。その影がざわりと蠢《うごめ》いて形を変えた……ような気がした。一度そう思うと頭から離《はな》れず、実際に見えている形ではなくて記憶《きおく》の中にこびりつく姿へと変化した。
幼い少女の小さな影に。

〝ばいばい、お兄ちゃん。みんなを助けてね〟

影を踏《ふ》みにじり、ちぎるようにして悠臣は歩きだした。幸いなことに、いい大人が影を踏みつけて逃げ去る姿を目撃《もくげき》した人は一人もいなかった。

「ねえ、この帽子《クロッシュ》かわいくない？」

「かわいいけど似あわない」

「確かにこれは断髪《だんぱつ》のほうが似あいそうね」

「お嬢様《じょうさま》方、上の階には美容室もございますよ」

「あら、じゃあいっそのこと髪型《かみがた》を変えて――」

「こ、このリボンをつけたいです！」

「なあに、子どもねえ。じゃあ切るのはやめてラジオ巻きにしてもらいましょ」

「でしたらお召《め》し物はこちらがよろしいかと」

「かわいー」

「いや、こんなひらひら、似あわな――」

依都の意見はほとんど通らず、千華子が右から左へと買い漁《あさ》っていく。気づけば商品の箱が山積みになっていて、依都はその総額がいくらになるのか目が回りそうだった。一着あればいいものを二着も三着も千華子が選ぶので、さすがに口を挟《はさ》まざるを得ない。

「あの、そんなにいらないんじゃ……」

「どうせ東堂園のお金なんだし気にしたら負けよ」

「えぇ……」

「ほらほら、これは着て帰るんだから試着室で着替《きが》えてきて！」

「ちょ、着方がわからないっ」

「お手伝いしますよぅ」

問答無用で試着室に押し込められると、にこにこ顔の店員がすぐに帯を解きはじめた。もはや依都は着せ替え人形である。首には何連にも重なったネックレスをつけられ、遅《おく》れて入ってきたもう一人の店員には髪を結《ゆ》われて（美容室からわざわざ派遣《はけん》されてきた美容師らしい）、

「ほら奥様、いかがです？」

促《うなが》す声で鏡を見て、

「かわいい……」

頭の中に浮《う》かんだ単語をついそのまま言ってしまった。

千華子が選んだのはシュミーズドレスと呼ばれるものだった。胸や腹部を強調しないすとんとしたシルエットが特徴《とくちょう》だが、おかげで幼児体型の依都でもまったく気にせずに着ることができた。強調されない胸元《むなもと》は何連にも重なるネックレスで補われているので貧相さもない。ラジオ巻きと呼ばれる三つ編みを両耳の下で団子状に巻く髪型は、まだ切る勇気の持てない依都に断髪姿を疑似《ぎじ》体験させてくれる。素肌《すはだ》が透《す》けて見える靴下《くつした》は正直むずがゆかったけれど、自分では想像もしなかった装《よそお》いについつい見とれてしまった。

試着室のドアが開き千華子が入ってきたのがわかったが、依都の目は鏡に釘《くぎ》づけになっている。

「これ着て帰りましょ、美緒」

鏡越《ご》しに千華子がにこにことして言う。

「うん」

素直《すなお》に答えていた。かわいい格好で嬉《うれ》しくなっていたのもあったし……少しだけ、悠臣がなんて言うのかが気になって。

「あー、買った買った。大満足」

百貨店の廊下《ろうか》を歩きながら千華子が満足そうに言う。背後の付き人は両腕《りょううで》に抱《かか》えた荷物で前が見えなくなっている。

あれ？　依都の服を一式揃《そろ》えているあいだに、千華子はあれだけの買い物を済ませたの？　やっぱり自分が買い物をしたかっただけなのでは。じとりとうろんげな視線を投げると千華子は「な、なによっ」とうろたえた声をあげた。

「ちゃんとお金も払《はら》っているし、自分のなんてほんの少しよっ。ほとんど美緒のなんだからっ」

「本当ですかねえ」

「だって聞いたわよ、あなた祝言で黒引きを着たんですって？　その歳《とし》で」

「誰《だれ》からそれをっ」

「社交界の噂《うわさ》は早いのよ。まあ似あっていたそうだから別にいいけれど、これからはわた

しに相談しなさいね。あなた専属のファッションアドバイザーになってあげるから」

「はあ……」

頼《たの》んだ覚えはなかったが、ふんっと鼻を鳴らす千華子が少しかわいくて。まんざらでもない気がしてくる。洋服に関しては本当によくわからないし。

「そういえば、祝言《しゅうげん》にあなた側の親族は一人も来なかったんですって?」

「まあ」

「まあ、じゃないわよまったく。言えば参列してあげたのに……。ご両親は仕方がないとして、他《ほか》に親族はいなかったの?」

「うーん、伯《はく》しゃ——お父様は一人っ子だし、お母様には兄がいるけれど、今どこで何をしているのかわからないし……」

話題にあがって、考えないようにしていた高柳のことを再び思いだした。依都のことも家族だと言ってくれたあの人は、結局今どこでどうしているのやら。

「薄情《はくじょう》な伯父上《おじうえ》ねえ」

「そんなことないですよ。会いに来るときにはいつもお土産《みやげ》を買ってきてくれましたし」

「へえ」

「すごい痩《や》せっぽっちで頼《たよ》りないんですけど優《やさ》しくて。まだ若いのに親父《おやじ》ギャグが好きで」

「親父ギャグって何?」

ああそうか、お嬢様は知らないのか。依都は夢の中で高柳が言っていた台詞《せりふ》を思いだす。

「鞠《まり》をネットに当てる、マリオネット……なんちゃって」

鞠突《まりつ》きの仕草をしながら真顔で言うと、千華子はぞっと顔を青ざめさせて立ち止まった。

「え……何それ。面白《おもしろ》いの、それ」

「あ、うん……面白くは、ない、かも」

ははは と乾《かわ》いた声をあげて再び歩きだす。しかし千華子はなおも渋《しぶ》い顔をして「ギャグっていうくらいだから面白いのよね？　掛詞《かけことば》のようなもの？」と真面目《まじめ》に考察してくれている。その優しさがあまりにもいたたまれず、依都はごまかすように鼻歌を歌った。とはいえこの状況《じょうきょう》で浮かんでくるのは、あの手鞠歌だけである。

「とんとん、お寺のどうじょーじー……安珍《あんちん》、熊姫《くまひめ》、蛇《じゃ》に化けてぇ」

「ちょっと、歌詞が間《ま》違《ちが》ってるわよ」

「え？」

「それ安珍清姫《きよひめ》伝説の手鞠歌でしょ？　誰よ熊姫って」

「安珍清姫伝説って？」

「安珍と清姫は恋仲《こいなか》だったんだけれど、裏切られた清姫が蛇《へび》になって安珍を殺す話よ。熊じゃなくて蛇」

「そうなんだ……こうやって習ったんだけどなあ」

高柳にからかわれたのだろうか？　図《はか》らずも恥《はじ》を上塗《うわぬ》りしてしまい、前言撤回《てっかい》で高柳のことを嫌《きら》いになりかけながら百貨店をでたときだった。

「わあっ」

という自分でも千華子でもない声を聞いて我《われ》に返った。思考に気を取られてまったく前を見ていなかった。

ちょうど百貨店を通り過ぎようとしていた男性とぶつかりかける。

あ、まずい——。

慣れないヒールのせいで身体《からだ》を支えきれなかった。転ぶと覚悟《かくご》した瞬間《しゅんかん》、がっしりとした腕に抱《だ》き留められる。

「すみません、大丈夫《だいじょうぶ》ですかっ」

こちらが完全に悪いのに、申し訳なさそうな声がかかった。

「大丈夫です。こちらこそすみません」

依都は慌《あわ》てて自力で立ちあがった。ぶつかったのは悠臣と同じ歳くらいの青年だった。質のいいスーツを着ているのでそれなりの家柄《いえがら》なのだろう。その人物は今時らしく少し髪が長くて、伸《の》びた前髪を頭の上で留めていた。亜麻色《あまいろ》の髪もこの国では珍《めずら》しく、だからだろうか。一瞬悠臣のことが頭をよぎって思わずじっと見つめてしまった。気づいた青年がにこりと笑う。

「その洋服、とてもよく似あっていますね。すごくかわいいですよ」

「なっ……」

こちらが青年を観察しているあいだに向こうも依都のことを見ていたらしい。

「あ、ありがとうございます……」

褒《ほ》められることに慣れていない依都はどきりとして視線をそらした。

「ぶつかったお詫《わ》びに、もしよかったらフルーツパーラーにでも行きませんか？」

「え？」

思ってもみなかった言葉に依都がきょとんとしていると、横からぐいっと手を引かれた。

「すみません、この子人妻なものでぇ」

青年と依都のあいだに、千華子がさっと割って入った。

「人妻？」

「そう。しかもあの東堂園家の若奥様よ」

「ちょ、ぶりっ子さん！」

余計なことまで言わなくていい！

「東堂園の！」

「わかったのなら諦《あきら》めなさい。夜叉子《やしゃご》に呪《のろ》い殺されても知らないわよ」

さあっと青年の顔が青ざめた。それを横目に千華子が「行くわよ」と問答無用で依都を引っ張る。

「あ、ごめんなさい。ありがとうございましたっ」

たたらを踏《ふ》みつつなんとか振《ふ》り返って頭をさげて（後ろを向いたまま歩けるほどヒールに慣れていない）、千華子の歩く速度に食《く》らいついた。

「ほらね、やっぱり今時モガなのよ」

千華子が勝ち誇《ほこ》ったように言う。

「どういう意味？」

「あなたわかってなかったの？　あれは逢《あ》いびきの誘《さそ》いよ。デヱトよ、デヱト」

「逢いびきっ？」

それこそ予想外すぎてむせ込んだ。咳《せ》き込む依都を見て千華子がにたにたと笑っている。

「それだけあなたが魅力《みりよく》的になったたってことよ」

「そ、そうなのか……な」

「もちろんわたしはあんなの日常茶飯事《さはんじ》だけどね。わたしのプロデュース力に感謝なさい」

と上機嫌《じようきげん》そうに言って。依都を待っていた人力車に千華子が乗り込んだ。

「って、千華子さんもこれに乗るの？　まさかうちまで来る？」

「行かないわよ。これを見てあの東堂園悠臣が何て言うのか気になるけどね。さすがに新《しん》婚《こん》を邪魔《じやま》するほど野暮《やぼ》じゃないわ」

「……」

だからそういうのじゃないんだけど……とは口が裂《さ》けても言えなかった。

「うち、東堂園家を過ぎた先だから。あなたを降ろしてそのまま家まで送ってもらうわ」

「まあいいけど……」

「これで存分に亭主《ていしゅ》を籠絡《ろうらく》してきなさい」

「……」

だからそういうのじゃ──依都は面倒《めんどう》になって考えるのをやめた。

今日は千華子のペースに呑《の》まれっぱなしだった。二人並んで席につくと、少し揺《ゆ》れながら人力車が走りだす。

千華子の髪《かみ》が風でなびいて依都の頰《ほお》をくすぐった。うっとうしいけれど悪くはなかった。

この関係を〝友達〟と、そう呼んでいいのかは友人が一人もいない依都にはわからなかったけれど。

女同士での百貨店歩きは、存外に悪くはなかった……気がする。

家に帰ると、悠臣が文机《ふづくえ》に突《つ》っ伏《ぷ》して眠《ねむ》っていた。

依都は廊下《ろうか》に座り、障子を開けた格好のまましばらく入室をためらった。普段《ふだん》は依都の気配を察すると目を覚ますので、寝《ね》ているところを見たのはこれが初めてだった。

そっとしておいてあげようか。障子を閉めようとしたときだった。

「いくな……」

聞き間違いかと思うような小さな声が聞こえた。突然《とつぜん》のことに一瞬意味を取り損《そこ》ね、わずかな間があってから〝行くな〟だと気づいて。

「えっと……」

少し迷ってから、依都は膝《ひざ》をすって近寄ってみた。

墨色《すみいろ》の髪が耳から零《こぼ》れ、一房《ひとふさ》が口に入ってしまいそうだった。そのせいで寝苦しいのか
「う、ん……」と唸《うな》る。

そっと指先を伸ばして、払《はら》ってやろうとした。

瞬間視界が一八〇度回転し、気づけば長身の肩越《かたご》しに天井《てんじょう》の木目が見えていた。ごつっとした感触《かんしょく》が額に触《ふ》れる。

肩で息をした悠臣が、依都の額に拳銃《けんじゅう》を突きつけて畳《たたみ》にねじ伏せていた。

「悠臣様？」

なんですかこれは。

「……寝ぼけた」

依都に馬乗りになっていた悠臣が降りた。

……寝ぼけるたびに殺されかけていては命がいくつあっても足りないんですが。

じっと睨《にら》んで依都も身体を起こす。頭をわしゃわしゃと掻《か》きむしり脳を再起動させていた悠臣が、はたと気づいてこちらを見た。

「その洋服、悪くないな」

「この状況《じょうきょう》で言われましても」

当然依都はぶすっとしたままだ。

「悪かった。でも本当によく似あっている。かわいい」

「かわっ……」

思わず身体が小さく跳《は》ねた。

うさんくさい雰囲気《ふんいき》で言ううさんくさい〝愛してる〟の言葉であればもう揺らがない自信があったのに。

あの東堂園悠臣が、少し寝ぼけた無防備な顔でそんな飾《かざ》らない言葉を吐《は》くだなんて。

それは……ずるくないですか。

頭が真っ白になる。いや、真っ赤かもしれない――。

「……と言えば、少しは潜入捜査《せんにゅうそうさ》にもやる気がでるか？」

にやりと笑って悠臣が言った。

沈黙《ちんもく》。

膠着《こうちゃく》。

再起動。

「からかわないでください！」

ようやく回りだした頭でかろうじて噛《か》みついた。顔を見られたくなくてそっぽを向く。やはりこの男は夜叉子だったのだ。冷酷無慈悲《れいこくむじひ》で依都のことをからかって遊ぶ、憎《にく》たらしいスパイ男でありそれ以上でもそれ以下でもない。

依都がぎりぎり涙《なみだ》を引っ込めたところで、悠臣もようやく頭が冴《さ》えてきたのかこちらに向き直った。

「先ほど、王様から船上パーティーでの任務を仰《おお》せつかってきた」

「ああ、たか――キングのところに行っていたんですね」

危《あや》うく名前を言いそうになった。睨まれると思ったのに、悠臣は微妙《びみょう》な顔をした。

「そうだ。そこで残念なお知らせがある」

「なんです？」

「高柳昌也が死んだ」

「えっ」

伯父《おじ》様が死んだ……？

一時呆《いっときほう》けて、依都は悠臣のほうを見た。微妙な顔をしていたのはそのせいだったのだ。

夢の中で真っ赤な紅葉《もみじ》に変わって消えた高柳の姿が脳裏《のうり》をよぎった。あれはもしかして、虫の知らせというやつだったのだろうか……。ずうんと心臓の重みが増して、みぞおちまで落っこちてしまったような気になった。

ふと、悠臣が未《いま》だに微妙な顔をこちらに向けていることに気づいた。

あの表情はいったいなんだろう？

それはなんとなく、痛みを堪《こら》えているような顔に思えた。とはいえそれは、できたばかりの生々しい傷ではなくて。遠い昔に負った古傷がじわじわと神経を逆なでしているような。痛み止めはいらないけれども、無視をするには痛すぎるくらいの煩《わずら》わしい痛み。

……高柳を失った悲しみはもちろんあったけれど。それゆえに悠臣の痛みも手に取るようにわかってしまったので。

「痛いの痛いの飛んでいけー。悠臣様から、飛んでいけー」

依都は悠臣の額を撫《な》でて、無意識のうちにそんなことを言っていた。

「痛い……？」

おうむ返しをする悠臣の声で我《われ》に返った。

「あ、ええっとですねっ」

急に何を言っているんだか。恥《は》ずかしくなって俯《うつむ》くと、頭上から呆《あき》れた声が飛んできた。

「俺は今、どこも痛くはないんだが」

「そうですよねっ。なんででしょう、なんだか痛がっているような気がして……」

穴があったら入りたい。あははとわざとらしく笑って話を切りあげようとした。

顔をあげると、悠臣が目を瞠《みは》ってこちらを見ていた。十秒か、それよりもっと短かったかもしれない。口を閉《と》ざした悠臣は、かくんと首を折って俯いた。ぐしゃぐしゃっと髪をかき乱し、

「敵《かな》わんなぁ」

ぼそりと、かすれた声で言った。

「え?」

よく聞き取れずに訊《たず》ね返すと、悠臣は苦笑《くしょう》を浮《う》かべて、

「……異国では〝痛いの痛いの飛んでいけ〟をなんて言うか知っているか?」

唐突《とうとつ》にそんなことを聞いてきた。もちろん知るよしもなかったので、

「いえ」

と否定すると、悠臣はまるで内緒話《ないしょばなし》でもするみたいに依都の耳へと唇《くちびる》を這《は》わせて。

「魔法の口づけ」

「なっ……」

びっくりして、依都の身体《からだ》が硬直《こうちょく》する。みぞおちに落っこちていた心臓が跳ねあがって、ばくばくとうるさく鼓動《こどう》を刻みはじめた。

悠臣の唇が離《はな》れる。依都の顔を覗《のぞ》き込んで意地悪く笑い。

「翻訳《ほんやく》するとそういう意味の言葉を使う。痛みで泣きじゃくる子どもの傷にこうして口づけをしてやるんだ」

「み、耳に傷なんてないですけどっ」

「そうだったか？　服を褒《ほ》めたときに真っ赤にしていたから、てっきり傷でもあるのかと」

このっ……。

「なんでいつもそんな意地悪ばかり言うんですっ？」

「事実を言っているだけなんだがな」

悠臣がけらけらと笑う。依都は心配して損したと憤慨《ふんがい》する。

と、悠臣がすうっと目を細めて、感情の読めない表情で口を開いた。

「なあ、地獄花《じごくばな》。お前は、俺のために命を使うと言ったよな？」

依都のほうに手を伸《の》ばし、ラジオ巻きの髪《かみ》に触《ふ》れながら悠臣が言った。どこかぼんやりとして言う悠臣の姿は新鮮《しんせん》だった。意図が摑《つか》めずに無言のままで視線を返すと、こちらの返答を待たずに悠臣が続けた。

「高柳が盗《ぬす》んだものは、彼がうちの軍で開発をしていた生物兵器のアンプルなんだ」

「生物兵器？　あの伯父様がですか？」

親父《おやじ》ギャグが好きで、ちょっと頼《たよ》りのない高柳の姿を思いだした。そんな危険なものを作る人物にはまったく思えなかったのだが。

「高柳はこの分野において天才すぎた。Qでもワクチンはおろか抗体《こうたい》すら作れる見込みがない。そして状況をさらに悪くしているのが、ベルナールを手引きしている組織の存在だ」

「組織？」

「ティアガルデン──〝戦火で世界を浄化《じょうか》する〟という血迷った思想を掲《かか》げる戦争賛美集団だ。世界各地で戦争の火種を起こしては世界大戦の勃発《ぼっぱつ》を狙《ねら》っている。この生物兵器がティアガルデンの手に渡《わた》れば、戦争に使われて何百万人という死者がでるだろう」

「何百万！」

「それだけじゃない。万が一やつらがこの国の仕業《しわざ》を装《よそお》ってテロを起こせば、死者のでた国は当然黙《だま》っていない。宣戦布告と捉《とら》えてそのまま戦争になだれ込む。国際社会からも虐殺《ぎゃくさつ》ウイルスについて咎《とが》められ、味方はいなくなるだろう。もしくはこのウイルスの存在を公表されて〝非人道的な国に制裁を〟と戦争を煽《あお》る」

「そんな」

「この虐殺ウイルスはどう転んでも戦争を引き起こす。だから俺は、これを回収、もしくは破壊《はかい》しなければならない……何を犠牲《ぎせい》にしても。そして俺は生きてその顚末《てんまつ》を見届けて、事後処理をする義務がある」

「……」

悠臣の言わんとしていることはわかったが、あえて口を挟《はさ》まなかった。

一度悠臣は言葉を区切り、ゆっくりと一回、深呼吸をしてから。

まっすぐに依都を見つめたが、その瞳《ひとみ》には感情がなかった。感情を努めて消しているのだと、もう依都は気がついている。

「金庫は一度でも暗証番号を間違《まちが》えると中身ごと爆発《ばくはつ》する仕掛《しか》けらしい。だからヒントによって暗証番号がわかればアンプルを回収するが……そうでなかった場合、あえて間違えて生物兵器を破壊してこい」

それはつまり、死刑《しけい》宣告だった。

「死にたがりにはぴったりだな。俺を守って死ねよ、忠義者」

いつもどおりの無表情からは感情が一切《いっさい》読み取れなかった。しかしもしかしたら……先ほど悠臣から感じた痛みはこれのせいかもしれないと思った。

スパイは〝世間にとって価値のある大多数〟を助けるために少数を犠牲にしなければならず、その選択《せんたく》を正しく行うために自分も生き残って最後まで任務を遂行《すいこう》するという。

合理的なスパイのことだ。てっきり機械的にそれを行っており、罪悪感なんてみじんも感じないと思っていたが……そんなことはないのかもしれない。

だとしても、悠臣が依都の死に対して罪悪感を覚える必要なんてまったくない。

なぜならそれは、忍びの本懐であるからだ。

〝悠臣は夜叉《やしゃ》の子ではないかと噂《うわさ》されているのよ〟

唐突に美緒の言葉が頭に浮かんだ。あのときは私腹を肥やした大富豪《だいふごう》なんだから悪い噂も仕方がないと思っていたけれど。

ただ一人生き残る孤独《こどく》というのは、いかほどのものだろうか。

たった一人で抗《あらが》う悠臣は、夜叉にならずにはいられなかったのかもしれない。本当の悠臣は時折見せる子どものような笑《え》みをして、誰《だれ》かをからかうことが好きな、優《やさ》しい花茨《はないばら》なのかもしれない――。

「わたしに、お任せください」

気づけばそんなことを口走っていた。

「必ずや悠臣様を――主君をお守りしてみせます」

孤独に陥《おちい》り、それでもなおスパイという存在であり続ける悠臣を、依都は支えたいと思ったから。

悠臣がその本懐《ほんかい》を遂《と》げられるように……生き残れるように、依都は尽《つ》くすと改めて誓《ちか》う。

悠臣が苦笑した。手が伸びてきて、わしゃわしゃと依都の頭を撫《な》でたが。

頭に置かれた手の圧が強すぎて、依都の視線は畳《たたみ》へと落ち。

結局そのまま、悠臣がどんな顔をして撫でているのかはわからなかった。

しかしそれが、どんな顔をしていようとも。

身命を賭《と》す。

それはただひたすらに、この悲しき夜叉のため――……。


裏切り者の血はどうしてこうも汚《きたな》いのかと、洗面台で手を洗いながら考えた。もっと秋の盛《さか》りの紅葉《もみじ》のような――あるいは彼岸《ひがん》に咲《さ》き誇《ほこ》る曼珠沙華《まんじゅしゃげ》の花のような、鮮《あざ》やかな赤色ならばもう少し気分も高揚《こうよう》するというのに。

「あーあ。滅入《めい》る気持ちも一緒《いっしょ》に洗い流せやしないものかな」

ぼやきつつ彼は何度も何度も石けんを擦《こす》る。

「無事に始末できたのね、トウヤ」

背後から異国の言葉が聞こえて、洗面台に備えつけられた鏡越《ご》しに覗き見た。腰《こし》まである豊かな金髪《きんぱつ》をかきあげつつ、声の主は戸口にもたれかかる。寝起《ねお》きなのか白いスリップドレス一枚という無防備な姿で現れたが、異国人である彼女にしてみればその格好に深い意味はない。

雇《やと》い主、マリア・ベルナールと鏡越しに一瞥《いちべつ》を交《か》わしただけで、トウヤは手洗いに戻《もど》った。

「ええ。高柳の死体処理に失敗しただけではなく、うちのことも喋《しゃべ》ったようですからね」

彼女の国の言葉でトウヤが言った。

「監禁場所《かんきん》なんてすぐに見つからなかったでしょう?」

「そうでもありませんでしたよ」

「さすが。ティアガルデンからの助っ人《すけと》は違うわ」

上機嫌《じょうきげん》に笑ってベルナールが近づいて来た。トウヤの両肩《りょうかた》に手を置いて鏡越しに顔を覗き込む。彼女はまだ三十代の前半であったが、その笑みには人を惑《まど》わす妖艶《ようえん》さがあった。

トウヤはあまり興味がなかったが。

「船上パーティーもその調子で頼《たの》むわね。あなたは気が乗らないみたいだけど」

「そりゃあ小娘《こむすめ》一人を尋問《じんもん》するだけだなんて、僕のでる幕ではないと思っていましたけど」

「けど?」

「面白《おもしろ》いものを見つけたので、今は楽しみにしていますよ」

思いだしてトウヤの顔がにやける。それを見てベルナールもぱっと顔を明るくした。

「まあ、トウヤが興味を持つなんて珍《めずら》しい。どんなものなの?」

「それは当日のお楽しみで」

ようやく汚い血を落とし終えて蛇口《じゃぐち》をひねる。ベルナールの手を振《ふ》りほどいて部屋をでていこうとすると彼女は口を尖《とが》らせた。

「けちんぼね」

「何とでもどうぞ。では」

バスルームを抜《ぬ》けて自分にあてがわれた部屋に向かいながら、堪《こら》えきれずにトウヤはにやりと嗤《わら》ってしまった。脳裏《のうり》には懐《なつ》かしい、真っ赤な光景が蘇《よみがえ》っている。

それはトウヤが恋《こ》い焦《こ》がれている赤だった。鮮血《せんけつ》、炎《ほのお》、夕焼け、曼珠沙華の着物――。

「やっぱり戦場は最高だな。すべてを美しい赤に染める」

最後に彼女を見たのは、そんな真っ赤な景色の中でだっけ。

「待っててね……依都。もう一度あの赤を見せてあげるよ」

亜麻色《あまいろ》の長い前髪《まえがみ》の奥で、黒々とした双眸《そうぼう》が怪《あや》しく光った。

ティアガルデンの崇高《すうこう》な思想――〝戦火で世界を浄化する〟。

それをトウヤに刻んでくれた一族と、その末裔《まつえい》の少女。

そんな彼女に再び出会えた幸せを、トウヤは噛《か》みしめていた。

かんかんかんっと弾《はず》んだ足音を響《ひび》かせてトタンでできた階段をのぼる。背後からはそんなに焦《あせ》ると転ぶぞという至極《しごく》平板な声。わからないんだ、これが当たり前の人にとっては。無視してずんずんと突《つ》き進み、階段の先にぽっかりと口を開けている四角く切り取られた光の中へと飛びだして——。

「わあ、海だーっ」

足がもつれてよろめきながらも甲板《かんぱん》の手すりにしがみつき、依都はそこから見える大海《おおうな》原《ばら》へと身を乗りだした。しかしすぐにぐいっと身体《からだ》を引っ張られ手すりの内側へと戻される。水を差されてぶうたれつつも横を見れば、呆《あき》れ顔の悠臣が依都の胴体《どうたい》に腕《うで》を回して一言。

「落ちる」

「大丈夫《だいじょうぶ》ですってば。ちゃんとぎりぎりのバランスで——」

「お・ち・る」

「……はい」

渋々《しぶしぶ》依都は手すりから離《はな》れ、改めて甲板からの景色を眺《なが》めた。美緒を送りに来たときは港からの景色だったので、高い位置から見るまっすぐな水平線は新鮮である。

「反対側に行けばテープカットができるぞ」

「やりたいっ」

船はまだ出港前だ。港側の甲板にでれば紙でできたテープを渡《わた》してもらえる。甲板から地上に垂らせば港の人がその逆端《ぎゃくはし》を摑《つか》み、出港時にお互《たが》いのあいだでぷつりと切れる。船ならではのお別れの握手《あくしゅ》だ。美緒を見送ったときのテープの切れ端を依都は今でも持っている。

港側の甲板まで行き航海士からテープを受けとる。地上に目をこらして目的の人物を見つけると大きく手を振った。向こうも気づいて振り返し、依都たちの真下まで歩いてくる。柏木である。

「かしわぎさーん！　これ、摑んでー！」

大きく叫《さけ》んで放《ほう》り投げる。赤色のテープは綺麗《きれい》に放物線を描《えが》いて陸に落ち、柏木が笑顔で拾ってくれた。

「たかだか二日の船出だろうが。この国だけだぞ、こんなことするのは」

厭世家《えんせいか》の悠臣がぶつくさと文句を垂れて、手すりに背中を預けるともたれかかった。そこから見えるのは興奮して甲板を練り歩く人と真っ白に塗装《とそう》された壁《かべ》だけである。とうとう景色を見ることさえしなくなったか……ちんどん屋のときも思ったが、こういうものを素直《すなお》に楽しめないのは損だと思う。

悠臣が懐《ふところ》から煙草《たばこ》を取りだして火をつけたので、依都は意外そうにそれを眺めた。

「悠臣様って煙草吸うんですね」

「お前がいたから吸わなかっただけだ」

「じゃあ今は？」

「最後の面倒《めんどう》ごとの前くらい許されるかと思って」

「別にいつ吸ってもいいですけど……」

爺様や高柳もぷかぷかと吸っていたので特段依都は気にならない。

煙草を吸う姿を初めて見て、そういえば結局、悠臣がどういう人物なのかよく知らないなと今更《いまさら》気づいた。

何が好きで、何が嫌《きら》いで。趣味《しゅみ》は何で、どこで育ち……どうしてスパイになったのか。厭世家のくせして何故《なぜ》世界を救おうとするのか。依都は何も知らないのである。

しかしそれはお互い様だった。きっと悠臣も依都のことを知らないでいる。

たった九回盃《さかずき》を交わしただけの契約《けいやく》が、この嘘《うそ》だらけの二人を繋《つな》いでいる。

「やっぱり機嫌悪いだろ」

こういうときばかり聡《さと》い悠臣が煙草の火を消そうとしたので、

「そんなことないですってば。煙草の匂《にお》いは嫌いじゃないので」

意地になって否定して、悠臣が持っていた携帯灰皿《けいたいはいざら》を奪《うば》い取った。いぶかしみながらも悠臣は結局煙草を吹《ふ》かし続ける。

煙草の匂いは嫌いじゃない。その匂いがする人たちはみんな、依都を置いていってしまったというだけで。

悠臣の口元から緩《ゆる》く立ちのぼる白い煙《けむり》を眺めているうち、無性《むしょう》に心がざわついて依都は目をそらした。

風が吹いた。途《と》端《たん》に白煙《はくえん》が跡形《あとかた》もなく立ち消えて、そこでようやく依都は心がざわつく理由を理解した。

輪郭《りんかく》を持たない白い煙が自分たちによく似ていると思ったからだ。

大きな何かが生じれば簡単に消えてなくなる関係。それが依都と悠臣のあいだにある唯《ゆい》一《いつ》のものだ。ゆえに気づいたときには、あの白煙のように悠臣も依都の前から姿を消しているのかもしれない——。

「おでましだな」

悠臣の声で我《われ》に返った。横を見ると、背中を手すりに預けたまま肩越《かたご》しに港を見ている悠臣がいる。視線の先を目で追って、船に乗り込もうとしている最後の乗客の姿を捉《とら》えた。最後の乗客は女性だったが、大きな帽子《ぼうし》をかぶっているのでその顔は見えなかった。豊かな胸に細い腰《こし》という凹凸《おうとつ》のはっきりした体型からして、この国の人ではないようだ。

ふと女性が顔をあげた。柔《やわ》らかい金髪《きんぱつ》がふわりと揺《ゆ》れる。今日の空のように青々とした双眸と目があった気がした。三十代前半くらいの綺麗な人だった。

しばらくこちらを見あげたまま立ち止まっていた彼女だったが、背後に控《ひか》えていた男性に促《うなが》されて船へと乗り込んだ。亜麻色の髪をしたその付き人がなんとなく記憶《きおく》に引っかかった。

「あれが今回の標的《ターゲット》、マリア・ベルナールだ」

「標的って、女の人だったんですね」

阿片窟《あへんくつ》を営んでいたり、高柳を殺したり……数々の悪行からてっきり年配の男性だと思っていた。

「女だからって油断するな。ベルナールという名前は熊《くま》を意味するが、その名にふさわしい獰猛《どうもう》で残酷《ざんこく》なやつだ」

「熊って」

昔爺様が戦ったという人食い熊を思いだして身震《みぶる》いを覚える。

生唾《なまつば》を呑《の》み込み、船に吸いこまれていく彼女をもう一度眺めた。

熊の異名を持つ、美しすぎる極悪人。

最初で最後の忍《しの》び働きとしては、相手にとって不足はなかった。

〝プリンセス・ベルナール号〟というあからさまな名前を持つその大型客船は、個人のものとは思えないほどの大きさだった。

パーティーが行われる一層デッキにはダンスルームや遊技室、喫煙《きつえん》室などの豪奢《ごうしゃ》な部屋が連なっている。二層デッキには客室エリアの大部分を占領《せんりょう》した特等船室が設けられており、ここがベルナールの私室扱《あつか》いだ。悠臣はこの広い占有スペースのどこかに阿片窟があると踏《ふ》んでいる。

依都たちに用意されたのは二層デッキにある一等船室だ。大半の招待客はこの二層デッキに客室をあてがわれている。中央にあるラウンジが特等船室と一等船室とを分けており、そこに設置された大階段をあがると一層デッキへとたどり着く。

「美緒様は本当に赤がよく似あいますねぇ」

「そ、そうですか？」

出港してから間もなく、依都は東堂園家から連れてきた侍女《じじょ》に着替《きが》えを手伝ってもらっていた。

依都のために仕立てられたドレスは曼珠沙華《まんじゅしゃげ》の花を写し取ったような赤色だ。自分には少し派手ではないかと思ったのだが、あの悠臣にも似あうと言われるとまんざらでもない気がしてくる。

「それにしても、新婚《しんこん》旅行が船旅なんていいですわねえ」

「そんなんじゃっ」

依都は勢い込んで否定した——思わず言ってはいけないことを口走るほどに動揺《どうよう》して。

「これはただの」

任務で。

ふがっ。不自然に依都の台詞《せりふ》が途切れた。大きな手によって依都の口はすっぽりと覆《おお》われている。ぎくしゃくと背後を振《ふ》り返れば満面の笑《え》みを浮《う》かべた夜叉《やしゃ》がいる。

「タイミングよくご招待いただけてよかった。レディ・ベルナールに感謝だな」

「ええ、本当に」

にっこりと笑って答える侍女。東堂園家の信奉者《しんぽう》である彼女は、この状況《じょうきょう》に一切《いっさい》の違和《いわ》感《かん》を覚えないようだ。

「そこでだ。せっかくの新婚旅行だし一つわがままを言ってもいいか」

「何でしょう?」

口を覆っていた手が少しさがり、肩を抱《だ》くと引き寄せられた。後頭部がぽてんと悠臣の胸にあたる。長身痩軀《そうく》をくの字に折り曲げ、依都の首筋に顔を寄せて。

「パーティーの前にかわいい嫁《よめ》を堪能《たんのう》したいんだが」

「あらあらまあまあまあ」

侍女はこれでもかというほどに感嘆詞《かんたんし》を連ねてから、慌《あわ》てて退室の支度《したく》を始めた。「せっかく綺麗《きれい》にしたんですからあまりお乱しにならないように」「善処する」という会話が依都を無視して勝手になされ、満腹そうな顔をした侍女が去ってから、

「……誤解されるようなことを言うのやめてもらえます？」

「契約結婚なんだから誤解されないと困る」

「ぐっ……」

それはそうなんですけど。

二人きりになった途端に悠臣の顔はすんっと無表情になった。溺愛《できあい》夫モードの悠臣を見ても依都はもうなんとも思わないが、この切り替《か》えのよさは素直にすごいと思う。

ごほんと一つ咳払《せきばら》いをして、依都も切り替えて振り返った。

「で、人払いをした理由はなんですか？」

「これを渡《わた》しておこうと思ってな」

依都の左手を取りつつ、悠臣がジャケットのポケットから何かを取りだした。指輪だった。「あまり高価な物ではない」と前置きして薬指にはめる。悠臣の瞳《ひとみ》によく似たブルーグレーの石がついていた。

「十分高そうですけど……」

「ある意味ではな。盗聴器《とうちょうき》だから」

「とっ」

むせ込んでしまい、裏返った声がでた。

「またですか。というかこれ、よく本体を持ち込めましたね」

本体は確か背負い箪笥《だんす》くらいの大きさだった気がするが。

「ポケットサイズに改良させたうえ、活動写真機の内側に仕込ませたからな。検閲《けんえつ》の男も活動写真機の中身なんて知らないから突《つ》っ込まれなかった」

「そういえば、謎《なぞ》に持ち物として映写機がありましたね……」

何に使うのかと思ったら。部屋の隅《すみ》に積まれているトランクの横、ぽつんと置かれている映写機を見て依都は乾《かわ》いた笑いを漏《も》らした。

「それにしても、盗聴器って明かしちゃっていいんですか？」

「今回はお前を探《さぐ》るためのものではないからな。ベルナールと接触《せっしょく》後、異変があれば口にだして伝えろ。こちらでできることはする」

「あー成る程《ほど》」

悠臣の意図を理解して依都は指輪を見おろした。

パーティーが始まったら依都と悠臣は別行動になる予定だ。依都はベルナールにさらっ、てもらい金庫の前で時間稼《かせ》ぎをする。そのあいだに悠臣はベルナールのスパイ容疑と阿片《あへん》窟《くつ》運営の証拠《しょうこ》を摑《つか》む。悠臣は依都たちの会話を盗聴することで、自分に許された時間を知るつもりなのだろう。

依都が死んだら悠臣も動けなくなってしまうから。

「じゃあまあ……そのときはよろしくお願いします」

なんと言えばいいのかわからずにそんなことを言って、依都は指輪の表面を撫《な》でた。

悠臣にとってはこれが日常なはずなので、平板な声で「ああ」とか「もちろん」とか、そんな味気ない返事があると思っていた。

いつまでも返事がなく、いぶかしんで依都は顔をあげた。そこには奥歯に物が挟《はさ》まったような、なんとも言えない顔をして黙《だま》り込む悠臣がいる。

「悠臣様?」

「いや、なんでもない」

瞬《まばた》きのあいだに悠臣はいつもの無表情に戻《もど》っていた。違和感はどうやら気のせいだったらしい。

鞄《かばん》の二重底から分解された銃《じゅう》を取りだして組みたて始めたので、依都も慌てて暗器類を仕込み始めた。

かなり厳重な持ち物検査があったものの、何とか悠臣の銃とクナイ一本、棒手裏《ぼうしゅり》剣《けん》、忍刀だけはQ《キュウ》お手製の隠《かく》し鞄で持ち込めている。鞄の中身を全部だして調べあげられたのだが、目の肥えたベルナールの部下にもその二重底は見破れなかった（代わりにわずかしか収納ができないのだが）。とはいえ忍刀は大きすぎるので、クナイと棒手裏剣をそれぞれ仕込む。

「行くぞ」

完成した銃をショルダーホルスターに収めながら悠臣が踵《きびす》を返した。

「はい」

依都もいつもどおりに、特段変わった会話もせず。悠臣のあとに続くと部屋をでる。

いよいよパーティー《ラストミッション》の幕開けである。

「ミオ！　来てくれて嬉《うれ》しいわ！」

会場につくなり、マーメイドラインのドレスを纏《まと》った金髪《きんぱつ》の美女が近寄ってきた。パーティーの主催者《しゅさいしゃ》、マリア・ベルナールである。彼女が話したのはこの国の言葉だったので、ほっとして依都も歩み寄った。

「お招きいただきありがとうございます」

依都が膝《ひざ》を折ってお辞儀《じぎ》をすると、ベルナールは依都の手を取った。

「そんなに硬《かた》くならないで。十三夜会であなたを見てからずっと話してみたかったのよ。

ダンス本当に素晴《すば》らしかった！　会場に花がほころぶようで思わず見とれちゃったもの！」

言いながら彼女は笑みを浮かべた。その顔はまるで家族に向けるような優《やさ》しいもので。

自信家であり、それを裏づけるのに十分な地位も資産もある彼女。そんな人物から屈託《くったく》なく褒《ほ》められたら――自分に自信のない人や社交界デビューしたてのひよっこなんて、簡単に落ちてしまうだろう。

依都の肩にそっと手が添《そ》えられた。

「奥ゆかしいところもうちの嫁の美点ですよ」

「んふっ」

思わず笑いそうになった。普段《ふだん》猿《さる》とか単細胞《たんさいぼう》とか鳩《はと》などと、失礼な呼び方をする人物の発言には到底《とうてい》思えなかったから。肩に乗せられた手にぎりりと力が込められて、慌てて依都は令嬢《れいじょう》の笑みを貼《は》りつけた。しかしおかげで、緊張《きんちょう》しているのが馬鹿《ばか》らしくなった。

「ヤマトナデシコって言うんだったかしら？　その考え方も素敵だけれど、わたしは素のあなたと話がしたいわ。どう、向こうでシャンパンでも」

ベルナールが示した先には豪奢《ごうしゃ》なソファが一つ置かれている。「ああ、ミオはシャンパンじゃなくてもいいわよ」とにっこり微笑《ほほえ》み、依都の腕《うで》を引きながら、

「ハルオミはどうする？」

依都を飛び越《こ》えて悠臣に訊《たず》ねた。

「女性同士の会話に入るほど野暮《やぼ》ではないですよ。向こうでカードゲームでもしています」

「そう？　じゃあ奥さんを借りていくわね。行きましょ、ミオ！」

小悪魔《こあくま》的に微笑んでベルナールは依都の手を引いた。ついていく間際《まぎわ》、最後にもう一度振《ふ》り返った。悠臣と目をあわせると無言でゆっくりと頷《うなず》きあう。

それが依都と悠臣が直接的に交《か》わしあう、最後の挨拶《あいさつ》だった。


「ねえ、結婚《けっこん》ってどんな感じ？　幸せ？」

唐突《とうとつ》に訊ねられて、飲んでいたジュースを変な風に飲みくだした。むせて咳《せ》き込む依都を、しかしベルナールはにこにこと見ている。興味津々《しんしん》という感じだ。

「マリア様だってもてるでしょう？」

「それとこれとは話が別だわ」

否定はしないんだ。依都は呼吸を整えてから、他《ほか》に気を紛《まぎ》らわせるものもないので結局グラスに口をつける。

「幸せですよ。悠臣様はあのとおり、お優しいので」

表向きは、と内心でつけ足そうとして、しかし言い切ることもできなくて。少し複雑な気持ちになった。そんな心境を知るよしもないベルナールは溜《た》め息をついて。

「そう思えるのはすごいことだわ。同じ人と一生一緒《いっしょ》にいるだなんて、わたしには想像もつかないもの」

「それはまあ、わかりますけど……」

依都だって一生一緒にいるわけではない。むしろ今日でお別れである。

……もし契約《けいやく》内容が変わって、明日も東堂園家で過ごせと言われたら？

それは意味のない問いだと思ったので、ジュースを啜《すす》ってその先は考えないことにした。

「でもミオは結婚したじゃない。馴《な》れそめを訊《き》きたいわ」

「馴れそめ……」

悠臣が三万円で美緒を買ったので身代わりを申し出たところ、何故《なぜ》だか気に入られてしまい決死の任務につきあわされる羽目になったんです――なんて言えるわけがない。

「それはまあ、悠臣様が必要としてくれましたので」

嘘《うそ》ではない。

「でもそれだけで結婚を決められるもの？」

「決めるも何も、わたしたちに選択《せんたく》権はありません。マリア様の国では違《ちが》うんですか？」

「うちも正直そんな感じだけど……父はわたしの好きにしていいって言ってるわ」

「成る程」

好きにした結果がスパイ行為《こうい》の数々に阿片窟《あへんくつ》か。父親は知っているのだろうか。まだ彼女は三十代の前半である。誰《だれ》かの指図があると思うのだが。

　黒幕の存在を求めてざっとパーティー会場を見渡《みわた》した。ベルナールが操《あやつ》られているとしたらどこかで監視《かんし》しているかもしれない。

　しかし怪《あや》しい人物は見つからなかった。かわりに背中がぱっくりと開いたイブニングドレス姿の女性が悠臣の腕に自分の腕を絡《から》めて乾杯《かんぱい》をし、こっそりと会場から抜《ぬ》けだす姿を目撃《もくげき》した。

　グラスを握《にぎ》る手に力がこもりぴきりという嫌《いや》な音がした。

「選択権はないって言いながら、ミオは旦那《だんな》様のことが大好きなのね」

「そっ」

　否定しかけて、それはそれで違うよなとジュースを啜ってごまかした。前に千華子にも同じことを言われたが、どうしてそんな勘違《かんちが》いが生まれるのか。主君として尽《つ》くしているだけである。

「ミオは悠臣のどこが好きなの？」

「えっと、それは……」

　契約結婚だから愛はない、あるのは主君のために身命を賭《と》したいという矜持《きょうじ》のみ——そこまで考えて依都は気づいた。

　夫だと思うから答えに詰《つ》まるのだ。主君だと思えば、一生を賭す理由だって答えられるはず。

悠臣を主君と仰《あお》ぎ、尽くそうと思った理由。

少し考えてから依都は口を開いた。

「……大切なものを脅《おびや》かす存在には、人一倍厳しいところ。その対象は自分にも及《およ》んでいて、妥協《だきょう》を許さず、孤独《こどく》に戦うところ」

出会ったばかりの頃《ころ》の悠臣を思いだしていた。目的のためならば自分を傷つけることも厭《いと》わず、他者を切り捨ててでも己《おのれ》は戦場に立ち続ける。しかしそれは自分のためではなく、すべては世界という大多数のため……。

「そういう〝命の使い方〟ができるところを、お慕《した》いしています。そばでお支えしたいとも、思います」

だから依都は、悠臣を主君と仰ぐと決めたのだ。

今まで漠然《ばくぜん》と思っていたことを言葉にして初めて、悠臣のそばにいようと思った理由を明確に自覚した。自覚した途端《とたん》に、依都はそのそばを離《はな》れることになるのだが。

何故だかずきりと心臓の一番深いところが痛んだ気がした。

「やだ、ラブラブじゃない。こんな惚気《のろけ》、酔《よ》わないとやってらんないわ」

ベルナールがむっという顔をしてシャンパングラスを呷《あお》った。依都も恥《は》ずかしさが押し寄せて手持ちの飲み物を一気に飲み干す。二人のグラスが空になると、ベルナールが近くの給仕《きゅうじ》を呼び寄せた。

「新しいグラスを頂戴《ちょうだい》」

「はい」

ベルナールが二つのグラスを受けとって依都に差しだす。依都は火照《ほて》った身体《からだ》を冷やしたくて、こちらも一気に飲み干した。

グラスが二重にぶれて顔をあげた。ベルナールはグラスに口をつけず、にやりとほくそ笑《え》んでこちらを見ている。彼女の背後には亜麻色《あまいろ》の髪《かみ》をした給仕が立っていて。

（船に乗り込むとき、ベルナールのそばにいた……）

気づいたときには、もうまっすぐに座っていられなかった。

「あらやだ、これお酒じゃない。大丈夫《だいじょうぶ》？　部屋に運んであげるわ……」

遠のく意識の中でベルナールの声が聞こえた。抱《だ》きあげられる。ぼやけた視界に最後に映ったのは、亜麻色の綺麗《きれい》な髪だった。


どのくらい経《た》っただろうか。

カウチソファの上で目が覚めた依都は、もぞもぞと身じろいで身体を起こした。ソファの近くにはローテーブルがあり、部屋の隅《すみ》には執務机《しつむ》が置かれている。執務机のさらに奥にはダイヤルのついた真新しいドアが一つ見えており、そこだけアンティーク調の雰囲気《ふんいき》から浮《う》いていた。

「ようやくお目覚めね」

部屋をぼんやりと眺《なが》めていたとき、背中側にあるドアが開いてベルナールが入ってきた。こちらの許可を得ることもなくカウチソファの端《はし》に座り、にこりと微笑んで依都の頰《ほお》を指先で撫《な》ぜた。

「どう？　我が家特製の高濃度《こうのうど》阿片のお味は」

「阿片っ……」

「気絶したのは急性中毒になったせいよ。だから……もっと阿片が欲しいわよねえ？　欲しくて欲しくてたまらないんじゃない？」

頰を撫でながら時折下瞼《したまぶた》を引っ張って目の中を覗《のぞ》いたりしている。何かに満足したのかくすりと笑い。

「ほら、もう目が血走ってる。うちのは特別製だもの。一度中毒になったらこれなしには生きていけないわ」

阿片は摂取《せっしゅ》してから約四時間で呼吸困難や痙攣《けいれん》、不安感が押し寄せ、楽になりたい、幸福になりたいと無我夢中に阿片を求めるようになる。しかし彼女の口ぶりからして、今回飲まされたものは四時間の猶予《ゆうよ》をくれるほど〝優《やさ》しい〟代物《しろもの》ではないらしい。

「もしかして、伯父様《おじ》、にも、同じことを、したの……？」

舌っ足らずに訊《たず》ねると、ベルナールはとぼけるように小首をかしげ。

「どうしてそう思うの？」

「伯父様は、ひどく、痩《や》せていた。今思えば、あれは阿片中毒、だったんじゃ……」

ベルナールの青い瞳《ひとみ》をじっと見つめた。彼女はぱちくりと一度、大きな瞳を開閉させて、

「あは、あなたって意外と鋭《するど》いのね」

依都の顎《あご》先に指を添《そ》えると、よく見えるように顔をあげさせた。

「そうよ。もう十年になるかしら。餌《えさ》欲しさによく働いてくれたわ。なのに最後の最後で裏切るなんて。本当に馬鹿《ばか》な男よね」

最後のほうは声に怒《いか》りが混じっており、添えられていた親指の爪《つめ》が顎先へと突《つ》き刺《さ》さる。

お互《たが》いに数秒、無言になって見つめあい。

「ねえ、ミオ。よく聞いて」

ベルナールが立ちあがって、ダイヤルがついているドアに向かって歩きだした。

「あなたの伯父は阿片と交換《こうかん》するためにあるものを手に入れたんだけどね、それをこの金庫に入れたままどこかに行ってしまって今すっごく困っているのよ」

ドアにもたれかかると憎々《にくにく》しげにノックした。

「金庫の暗証番号についてのヒントは残っていたんだけど、わたしたちにはその意味がわ

からないの。でもあなたにならわかるはずよ」

どこかに行ってしまった？　あなたが殺せと命じたくせに。白々しい言葉に依都は思わず摑《つか》みかかりそうになって、深呼吸をして冷静さを取り戻《もど》す。だって今、依都は阿片が効いていることになっている。抵抗《ていこう》しては嘘がばれて、ベルナールは二度と本性《ほんしょう》を現さないだろう。

苦しそうな呼吸を装《よそお》うと、再びベルナールが歩み寄ってきた。

「そろそろ薬が切れてきたでしょ？　暗証番号を言えばすぐにあげるわ」

そう言って目の前に差しだされたのは一枚の誕生日カードだった。ろうそくの刺さったケーキが描《えが》かれており、手書きで〝誕生日おめでとう、美緒〟と添えられている。

「この誕生日カードがヒント……？」

「ええ。高柳はこれをポストに投函《とうかん》してからいなくなったの。同封《どうふう》されていた便せんにはこの船のことと金庫までの地図、そして〝中身を売って借金を返して。ごめん〟という文章が書かれていただけ。便せん、カードにはなんの細工もなかった。つまりこのカードが暗証番号を解くヒントのはずよ」

誕生日……美緒の誕生日は確かにこの間だったけれども、そもそも高柳はいつも忙《いそが》しそうにしていたので、美緒の誕生日を祝ったことなんてあとにも先にも一度きりだ。それが何故《なぜ》、今さらこんな物を送ろうとしたのか。

カードを受けとり眺めてみるが、依都が高柳と最後に会話をしたのは数年も昔である。美緒ならば手紙のやりとりもしていたので何かわかったのかもしれないが、やはり依都には見当もつかなかった。

こうなったら……依都にできることは一つである。

悠臣が諸々《もろもろ》の証拠《しょうこ》を得るための時間を稼《かせ》ぎつつ、限界が来たら中身もろとも吹《ふ》き飛ばすだけだ。

「中身を手に入れて、どうするつもり？」

「売るのよ。必要な人にね」

ベルナールは疑うことなく質問に答えた。

「買い手がそれをどうするのかは知らないし、知りたくもないわ。わたしはただ、他人が欲しがる情報や物を手に入れて売りつけるだけ。いわば情報屋ね」

「なんで、そんなこと」

「何で？　情報を支配する者こそが世界に君臨できるからよ」

「君臨？」

「貨幣《かへい》なんて不確かなものだけど、その点情報は価値が変わらない。それを握《にぎ》っているだけで優位に立てるんだから」

「そのとおり」

見知らぬ声がした。ベルナールが戸口を振《ふ》り返ったのでつられて依都も首を回した。

いつの間にか、部屋の戸口に寄りかかってこちらを眺めている人物がいた。ゆらりとした仕草で戸口から肩《かた》を離すとこちらに歩み寄ってくる。亜麻色の髪をした下僕用のお仕着せを着ている男——先ほど依都に阿片入りのグラスを渡《わた》した給仕だった。

「僕たちも彼女の顧客《こきゃく》の一人だし助かっているよ」

「トウヤ、来てくれたのね」

「姫《ひめ》の手伝いをしろと盟主様から仰《おお》せつかっているからね」

トウヤと呼ばれた男は椅子《いす》を引き寄せると依都の目の前に座った。やや前傾《ぜんけい》になって無言でこちらを見つめてくる。

今、気配がまったくしなかった——。

それに気づいてからはトウヤの視線が気持ち悪くて仕方がなかった。蛇《へび》が舌先で執拗《しつよう》になめ回してくるような、こびりつく視線。それまでは意識の隅にも入ってこなかったのに、今はこの男への警戒心《けいかいしん》で頭の中がいっぱいになる。

ということはつまり、今まではあえて意識に残らない人物を演じていたわけで……。

ぞっとして依都は生唾《なまつば》を呑《の》んだ。それが事実ならばこの男はただ者ではない。

「なかなか症状《しょうじょう》がでないわね。薬が効きにくいタイプかしら？」

ベルナールが依都の目を覗き込んで首をかしげた。

しまった。トウヤに意識を取られるあまり、こちらの演技がおろそかに――。

「まあいいわ。あとは頼《たの》める？」

しかしすぐに、ベルナールはドレスを翻《ひるがえ》して戸口に向かった。

「もちろん」

「口を割らせたら約束どおり金庫の中身はあなたたちにあげるわ。ただしだめだった場合……伯父と同じように始末しておいてね」

物騒《ぶっそう》なことを平然と言って（やっぱり行方《ゆくえ》不明なんて嘘《うそ》じゃないか）ベルナールは部屋をでていった。あとに残ったのは阿片中毒のふりをした依都と、ベルナールよりも物騒そうな男だけである。


「やあ、久しぶりだね」

開口一番、トウヤが言ったのはそんな一言だった。先ほどの剣呑《けんのん》な空気とは打って変わって、人懐《ひとなつ》っこい子犬のような笑《え》みを向けてくる。温度差に風邪《かぜ》を引きそうだった。

「……どこかでお会いしましたっけ」

「ひどいなあ。忘れちゃったの？」

「あっ、百貨店の」

思いだして依都は男をまじまじと見た。千華子と百貨店で買い物をした帰り、ぶつかってしまった男だと思い至る。まさかあの時点から、こちらのことを監視《かんし》していたのか――。

「そうそう。一目《ひとめ》惚《ぼ》れだったのにデェトを断られちゃってさ。あのときは泣いたなあ」

「か、からかわないで」

「からかってないよ？　本当に本気だったんだ。それなのに話も聞いてくれなくてさあ」

「それは、だって、わたしは結婚《けっこん》して」

「略奪《りゃくだつ》愛だって真心があれば純愛だろ？」

「いや、」

「それに僕たちが会うの、あれが最初じゃないんだよ。だからあのとき、僕は運命を感じたのに。君はまったく気づいてくれなくてさあ……。ほんと、悲しかったなあ」

がっくりと肩を落としたトウヤに依都は少しだけ罪悪感を覚えて――しまってから、はっとして息を呑んだ。

なんでこの男と、こんなくだらない会話をしている？　先ほどは不気味だと感じていたはずなのに。

警戒したいのに今度は警戒させないような空気感を作ってくる。自分のペースに取り込んで、自由自在に場を支配しようとするこの感じには覚えがある。悠臣だ。

トウヤはもしかして、悠臣と同じ類《たぐ》いの人間なのだろうか。しかし、そうであれば依都には一切《いっさい》の問題がない。

だって……悠臣のほうが遥かに上だから。

悠臣の場合は向こうのペースに取り込まれたことにすらその場では気づけない。しかしトウヤの場合はきちんと認識《にんしき》できている。

とはいえ、トウヤにはすぐに阿片《あへん》が効いていないことは見抜《みぬ》かれるだろう。

（潮時……か）

依都は崩《くず》されそうになる警戒心を意識的に奮い立たせて、トウヤへと向き直った。

「金庫まで手を貸して。鍵《かぎ》を解くわ」

「へえ、このヒントでわかったんだ？」

「当然よ。伯父《おじ》から習ったもの」

身体《からだ》を起こし、最後の仕事に取りかかろうとする。

金庫の爆破《ばくは》――依都が命を賭《か》けると決めた仕事。この国を戦争から守るための尊い犠牲《ぎせい》であり、主君の〝命の使い道〟も支えることができる一石二鳥の行いだ。

それはまさに、忍《しの》びの本懐《ほんかい》を遂《と》げるにふさわしい仕事だから。

「嘘つきの君には手伝えないなあ」

肩口を押され、依都はカウチソファに押し倒《たお》された。覆《おお》い被《かぶ》さったトウヤは変わらぬ笑みをたたえている。それが一層不気味だった。

「ねえ、有栖川美緒はどこにいるの？」

どくん、と心臓が痛いほどに脈を打った。頭が真っ白になり、一時《いっとき》息を吸うのも忘れてトウヤを見つめた。全身の血が沸騰《ふっとう》したように熱を持って、しかし急激に冷めていく。寒気でがたがたと震《ふる》えそうになる唇《くちびる》を無理矢理《むりやり》に押し開くが、かすれた声しかでなかった。

「わたしが、美緒よ」

「とぼけなくていいよ。君が美緒じゃないことはわかってる」

「何、言って」

「あんた、依都だよね。忘れちゃったの？　僕、同じ里の忍びだよ」

「なっ」

ばれた……ばれたばれたばれたっ。

これまでにない焦燥感《しょうそうかん》が全身を駆《か》け巡《めぐ》った。

まさか忍び時代の自分を知る人物がいるなんて。考えたこともなかった。

みんな死んだはずだったから。あの燃えるような秋の日に——。

「懐かしいなあ。あの事件のとき、依都はまだ六歳だっけ？　僕は十一歳だったんだけど本当に覚えてない？」

「覚え、て、ない……」

「嘘つき？」

そう答えるので依都は精一杯《せいいっぱい》だった。

「まあいいや。覚えていても、覚えていなくても」

しかしトウヤにとって、覚えているかどうかはさほど重要ではないらしく、独りごちながら依都を抱《だ》き起こしてカウチソファに座らせた。トウヤもソファに腰《こし》をおろして依都の背後に回り込むと後ろからすっぽりと包み込んで。依都の肩に顎《あご》を乗せ、ダイヤルのついたドアを指差した。

「君、この金庫をわざと爆破しろって命じられているよね」

「なんで知って――」

「僕らの仲間になるのなら、その命は助けてあげるよ」

耳元で囁《ささや》かれた言葉に、依都は眉根《まゆね》を寄せて問い返した。

「仲間?」

「僕が今いる組織に君を招待したいんだ。聞いたことないかな? 〈ティアガルデン〉っていう組織なんだけど」

ティアガルデン。悠臣が言っていた戦争賛美集団の名前がでてきて目を見開く。悠臣の推論は正しかったのだ。ティアガルデンとベルナールは繋《つな》がっていた……最悪の形で《依都の正体を知る者によって》。

「ベルナールの言っていることは正しいんだけどね。彼女のプランは個人の範疇《はんちゅう》で終わってしまっている。でも僕たちならばそれをもっと大きくできる」

「……どうするつもり?」

「世界大戦を始めるんだ。戦争によって腐敗《ふはい》した世界の上層部を入れ替《か》える」

「そっ」

声が裏返った。いったん呑み込んでからもう一度声を絞《しぼ》りだして。

「そんなの間違《まちが》ってる」

「どうして? 君の一族なんだよ? 僕に戦争の正しさを教えてくれたのは」

「は……?」

「ほら、あの事件だよ。君の一族がクーデター自体は食い止めたけれど、あれによって腐《くさ》った上層部は洗いだされ、始末された。世界は綺麗《きれい》になったんだ。あのあとのすがすがしさったらなかったよ。そこから僕はティアガルデンへの参加を決めたんだ。彼らの掲《かか》げる崇高《すうこう》な思想は、まさに僕の理想どおりだと思ってね」

うっとりとした口調でトウヤは言ってのけた。

なにをいっているんだこのひとは?

つらつらと語られる言葉のせいで、依都の脳裏《のうり》にあの日の光景が勝手に浮《う》かんできて止められなかった。夕飯までには帰るからね。そう言ってでていった両親と兄。帰ったら夫婦《めおと》約束だよ。指切りをした亜麻色《あまいろ》の髪《かみ》の許嫁《いいなずけ》。月がでても帰ってこなかった里のみんな。

一日中捜《さが》し回ってようやく見つけた、夕焼けと同化する真っ赤な炎《ほのお》と血だまり――。

「あ、れが」

きちんと声になっているか依都にはわからなかった。頭の中に響《ひび》く幼い自分の泣き声と、周囲が焼け落ちる轟音《ごうおん》とでうるさくて。

「きれい？」

「うん、今まで見た中で一番綺麗だった」

屈託《くったく》なく笑ってトウヤが続ける。

「今の僕があるのは君たちのおかげさ。だから是非《ぜひ》とも、君には世界で活躍《かつやく》して欲しいと思ってる。こんなところで死んだらもったいないよ」

絶句した依都にかまうことなく、トウヤはカウチソファから降りて依都の前に跪《ひざまず》いた。

「それにしてもさ、どうして君が美緒のふりをしているわけ？」

「それは、あのあと美緒様が拾ってくれたから……主のために身命を賭《と》すのは当然でしょ」

「そうじゃなくて、もう美緒は異国に逃《に》げたのに、なんでまだ美緒のふりをしているの？」

痛いところを突《つ》かれて依都は続く言葉を失った。説明を求めるようにトウヤは問いを重ねる。

「君なら一般《いっぱん》人の家からなんてすぐに逃げだせるでしょ？　それをしないのは何で？」

「それは……」

「二度も襲撃《しゅうげき》されているよね。それを旦那《だんな》は知ってるの？　ベルナールが美緒に目をつけてから縁談《えんだん》の話がでたのはたまたま？　金庫の爆破を決めたのは本当に君の判断？」

「も、もちろん。わたしが美緒様のふりをして金庫を爆破すれば、美緒様は死んだことになるしアンプル自体もなくなる。そうすれば二度と狙《ねら》われない――」

「ぼろがでたね」

「え？」

「ベルナールは君に〝高柳が手に入れたあるもの〟って言ったんだ。なんでそれがアンプルだって知ってるの？」

「……！」

しまった――急激に失《う》せていく血の気の中で、それでも依都は思考を巡らせた。大丈夫《だいじょうぶ》、まだ致命的《ちめいてき》なミスではない。頭の中で何度も言い聞かせるが、下から見あげてくるトウヤの視線が余計に依都を焦《あせ》らせていく。

「し、調べたのよ。わたしだって忍《しの》びよ。いろんなところに潜入《せんにゅう》して」

「まったく手がかりもない状況《じょうきょう》から、この短期間でアンプルにまでたどり着いたの？　国中の重要組織に潜入するか、日頃《ひごろ》からそういうことに注視していないと無理だよ」

「そんなことっ」

「それに美緒を守るために東堂園悠臣に嫁《とつ》ぎ、夜会に参加してベルナールの目に留まり、このパーティーに参加する……こんな何段階にも分かれた作戦を練るなんて、世間知らずの君にできるとは思えない。駒《こま》である君を動かすための頭脳《ブレーン》が必要だ——たとえば情報局とか」

情報局。その単語をだされて、もうごまかす言葉もでなくなった。

「ではここで、君の頭脳が情報局だと仮定しよう。となると諜報員《ちょうほういん》として最も疑わしいのは、有栖川美緒に縁談話を持ちかけた東堂園悠臣だ。忍びの君に高柳の身内である美緒を騙《かた》らせ、この作戦を立案した……違うかな？　悠臣が有名なNN《エヌツー》だったら僕の名声もあがるし嬉《うれ》しいんだけど」

だんまりを決め込む依都を見て、トウヤはますます上機嫌《じょうきげん》になった。依都の手を取り、その上に自分の手を重ねて。聖職者がだすような、慈愛《じあい》に満ちすぎていて逆にうさんくさい声で語りかける。

「答えられないんだね。別にいいよ、隠《かく》しておきたいなら。ただしこちらの条件を呑《の》んでくれたらだけど」

「じょう、けん」

「仲間になってくれるのなら、君のことは東堂園美緒としてベルナールに死んだと報告してあげる。それから悠臣への疑いに関しても僕まででとどめてあげる。つまり悠臣がスパイだとバレることもなければ、君の主君が狙われることも二度とない。おかげで金庫も開かないからアンプルが盗まれることもない。どう？　二人の主君を同時に救える、素晴《すば》らしい提案だと思うけど？」

「……わたしが仲間になったら、戦争を引き起こす片棒を担《かつ》がされるんでしょう？」

「そこはほら、君の新しい主人を信じなよ。シノビノホンカイ……だったかな？　今は悠臣を主君として仰《あお》いでいるから命を賭《か》けているんでしょ？」

自分だって忍《しの》びだったくせにその誇《ほこ》りなんてとうに捨ててしまったのか、言語に不慣れな外国人が片言で話すような感じで言って。

「悠臣が情報局の人間ならば君を止めてくれるかもよ？　彼らは戦争を防ぐためならどんな犠《ぎ》牲《せい》も厭《いと》わないからね」

わたしが……悠臣様を裏切って、戦争を起こして。

そのうえ救いを求めて、悠臣様に殺させる？

瞬間《しゅんかん》、依都は太ももに隠していたクナイを引き抜《ぬ》きトウヤめがけて投擲《とうてき》した。

悠臣にこれ以上、業《ごう》を背負わせるわけにはいかなくて。

ほんのわずかに身体《からだ》を傾《かたむ》けただけでトウヤが避《よ》ける。髪の毛が一本だけ切れて床《ゆか》に落ちた。一切《いっさい》の無駄《むだ》がない動き。完全に見切った動作だった。

「無駄だよ。忍びの手の内はすべて知ってるんだから」

柔和《にゅうわ》に笑うトウヤ。ならばと依都は間髪《かんはつ》を容《い》れず、四本同時に棒手裏剣《ぼうしゅりけん》を投擲した。

しかしトウヤはそれも避けきり、知らぬ間に忍刀までをも構えていて。投げきって無防備になっていた依都に必殺の一刀を振《ふ》りおろし――。

ざくり。

切っ先が食い込んだのは丸太だった。

手裏剣は反撃《カウンター》を誘《さそ》うためのフェイクである。

（貰《もら》った）

背後を取った依都がクナイを投げ。

くるりと反転したトウヤが当然のようにそれをはたき落とした。

「な、んで」

理解ができず、呆《ほう》けて依都は床に転がったクナイを見る。

身代わりの術でトウヤの意識は前方へと向いていたはずだ。気配は完璧《かんぺき》に消していたし悟《さと》られるはずが――。

「だから言ったでしょ」

頭が真っ白になり動きを止めてしまった依都に対して、トウヤが告げる。

「身代わりにすり替《か》わるときのほんのわずかな空気の揺《ゆ》れとか、すり替わったあとにどこから現れるのかとか、そういうの全部わかるよ」

「くっ……」

トウヤのそれがはったりでないことは、今身を以《もっ》て知らされた。暗器の種類も、使うタイミングも、立ち回りも、すべて予測されている。これではどれだけ早く動いても先回りされて対処されてしまう。

「依都は昔から身代わりの術が一番得意だったもんねえ。だからってまさか、身代わりの花嫁《はなよめ》になるとは思ってなかったけど」

余裕綽々《よゆうしやくしやく》に笑って依都が投げたクナイを拾い「ん」と突き返してくるトウヤ。武器を返すなんて、完全に格下だと思われている。

（でも、あれならば）

依都はドレスに張り巡《めぐ》らされた刺繡《ししゆう》に目を落とした。曼珠沙華《まんじゆしやげ》の刺繡にはQが開発した爆弾糸を使っている。このドレスはいわば爆弾《ばくだん》なのだ。

爆弾糸はスパイグッズ見本市で唯一《ゆいいつ》実用性のあったもので、依都がこっそりと洋装店に持ち込んで刺繡に使ってもらった。特殊《とくしゆ》な液体を含《ふく》ませてから火をつければ爆発する。これだけはトウヤの予測から外れた暗器である。

依都はトウヤににじり寄る。依都の攻撃《こうげき》なんて避けられると油断している今ならトウヤを巻き込んで爆発を起こせる。

〝なあ、地獄花《じごくばな》。お前は、俺のために命を使うと言ったよな？〟

悠臣の声が聞こえた気がして、依都は小さく頷《うなず》いた。

どうせ、悠臣のために使うと決めた命なのだから。この男を巻き込んで死ねば、自分と悠臣、二人の正体を隠蔽《いんぺい》できる。うまくすればアンプルだって破壊《はかい》できる。Qには船が沈《ちん》没《ぼっ》しない威力《いりょく》に調整してもらったし――ためらう理由は、どこにもない。

クナイを受けとるふりをしてゆっくりと近づき、袖《そで》の中に隠していた特殊液体入りの小《こ》瓶《びん》をそっと握《にぎ》り込んで。

「こっちだ！」

銃声《じゅうせい》がした。驚《おどろ》いたトウヤが振り返るがそこには誰《だれ》もいない。

なぜならそこにいたはずの悠臣はすでに、依都の手を引いて戸口を駆《か》けだしていたからだ。

「どうしてここがわかった！」

トウヤが悪態をついた。追いかけようとした彼めがけて悠臣が何かを叩《たた》き込む。懐中《かいちゅう》時計だった。一拍遅《いっぱくおく》れて白煙《はくえん》が噴《ふ》きだし、トウヤのむせる声が廊下《ろうか》まで響《ひび》いた。

「あれ何？　というかなんで効いて――」

たいていの薬品には耐性《たいせい》がついている忍びである。走りながら疑問を口にすると、

「催涙弾《さいるいだん》。お前が使おうとしたものを分析《ぶんせき》して、忍びに耐性のない薬品で作らせた」

さらりと悠臣が恐《おそ》ろしいことを言う。

開いた口が塞《ふさ》がらないまま斜《なな》め前を走る横顔を見ていると、肩越《かたご》しに振り返った悠臣が吹《ふ》きだした。

「鳩顔《はとがお》だぞ」

いつもの憎《にく》まれ口が聞こえて、ようやく依都は肩の力が抜けた。抜けたから、繋《つな》いでいる悠臣の手を思いっきり握り返してやった。みしっ、という音ともに「痛っ」と悠臣が小声を漏《も》らしたのを聞いて、依都もたまらず吹きだした。

「すみません、正体がばれてしまって」

「聞いていた。くそ、まさかお前の過去を知る人間がいたとはな」

依都が閉じ込められていたのはやはり特等船室の一室だったようだ。二層デッキから三層デッキへと降りながら悠臣が悪態をついた。

聞いていたというのは盗聴器《とうちょうき》によってだろう。〝こちらでできることはする〟とは言っていたが、まさか助けに来てくれるとは思っていなかった。むずがゆいと同時に、困惑《こんわく》して悠臣のことを眺《なが》める。

「でもこっちに来てよかったんですか？　諸々《もろもろ》の証拠《しょうこ》を集めるんじゃ」

「あらかた集めた。幹部級の女を見つけてな」

あ、もしかしてあのときの？　悠臣と連れだってパーティー会場から抜けだした女が頭に浮《う》かんだ。

……初めっからそんなことだろうとは思っていましたけどね別に。

いやでも、情報提供者とそういうことをしていないとは言い切れないのでは？　だって悠臣は出会ったとき、自分にも色仕掛け《ハニートラップ》を試みたのに――。

「お前、」

悠臣の声で明後日《あさって》の方向に飛んでいた思考が引き戻《もど》された。

「えっと……何か言いました？」

「死のうとしていただろ」

どきりとして思わず依都は顔を背《そむ》けた。振り返った悠臣がドレスに視線を送る。

「俺が何も知らないとでも思ったか」

「……だってもともと、その予定だったじゃないですか」

何故《なぜ》だか責められているような気になって、依都はむっとしてしまう。

どうせ自分と悠臣は、今回限りの間柄《あいだがら》ではないか。悠臣が何を好きで、嫌《きら》いで、どうやって育ち、何故スパイになったのか……何も知らないままの関係で。

しかし一つだけ、他《ほか》の人には到底真似《とうていまね》できないものがある。主人のために身命を賭《と》すこと。それだけが自分たちのあいだにある特別な絆《きずな》ではないか。

「主君のために身命を賭すこと。それこそが忍《しの》びの本懐です」

だから否定されたくなくて、依都は悠臣の手をぎゅっと握った。

「新婚《しんこん》旅行、どこにいきたい？」

「はい？」

唐突《とうとつ》に話題が変わって、依都はついていけずに自分の耳を疑った。

「新婚旅行？」

「そうだ」

「それって今話す内容です？」

「さっきそんな話をしてただろ」

さっき……？　そういえばこのドレスに着替《きが》えたとき、侍女《じじょ》とそんな話をしていたが。

「してましたけど、だからって今むし返します？」

「たとえばの話だ。言ってみろ」

言ってみろと言われたところで、この状況《じょうきょう》で頭が回るはずもない。三層デッキの端《はし》が見えてきたところでなんとなく。

「……美緒様が住んでいる国とか、行ってみたいですね」

「だと思った。お前は単細胞《たんさいぼう》だからな」

「じゃあ訊《き》かなきゃいいじゃないですかっ」

いらっとして抗議《こうぎ》をするも悠臣はしれっと前を向いたまま走っている。

どうにも摑《つか》めない人物である。緊迫感《きんぱくかん》に欠けるというか、それでいて冗談《じょうだん》を言っている雰囲気《ふんいき》の一つもしないのだから扱《あつか》いに困る。そもそもどこに向かっているのかも聞かされていない。

「どこに行くんです？　トウヤとアンプルをなんとかしないと」

逃《に》げているばかりでは埒《らち》があかない。訊《たず》ねたとき、ちょうど悠臣が足を止めた。

そこは乗船口の前だった。航行中には使わないうえ、乗りあわせているのは一等船室をあてがわれている上流階級ばかり。よって周囲に人影《ひとかげ》はなかった。

いやに風が吹き抜《ぬ》けると思ったら乗船口が開いていて、近くのパイプに縛《しば》りつけられた縄《なわ》が船外へと続いている。辿《たど》って入り口から顔をだすと、一隻《せき》の船がそのロープで係留されていた。船には早乙女が乗っており、こちらに気づくと手を振《ふ》った。

「お前はここで船を降りる」

「はあっ？　なんでっ、」

依都の言葉を遮《さえぎ》って悠臣が口を挟《はさ》んだ。

「お前の正体が割れた以上、連れて歩くわけにはいかない。転落して死んだことにする」

「じゃあ悠臣様は？　どうするんです？」

「俺はあの男を拘束《こうそく》後、あいつになりすまして東堂園美緒を始末したと報告する。そして

「ならわたしもいたほうがいいじゃないですか！　変装すれば死んだことにもできますし！」

「いらない、邪魔《じゃま》だ」

悠臣が依都の背中を押して入り口から突《つ》き飛ばそうとする。慌《あわ》てて依都は両腕《りょううで》を突っ張って耐《た》え忍び、

「嘘《うそ》だ、絶対に二人のほうがいい！　合理主義のスパイがそんなこともわからないのっ？」

「うるさい、いいから降りろ」

「やだ」

「やだじゃない」

「絶対嫌《いや》っ！　だって――」

悠臣の力が増したので依都もさらに力を込めると、力んだ弾《はず》みで言葉がぽんっと、我慢《がまん》の隙間《すきま》から飛びだした。

「だって、主《あるじ》の好きな物も嫌いな物も、何も知らないまま終わるなんて臣下の名折れだわ！」

妙《みょう》な沈黙《ちんもく》が降りた。依都は恥《は》ずかしくって死にそうになった。また悠臣は吹きだして笑うか、くだらないと冷ややかな目を向けるに違《ちが》いない。

沈黙。

沈黙……。

沈黙………。

それはそれでつらすぎた。もういっそのこと海に飛び込んでしまおうか。視線を海へと投げつけてやさぐれたときだった。

「味噌汁《みそしる》が好きだ」

「へ？」

「具は大根が一番いい」

「えっと……？」

まさか返答があるとは思っていなかったので、それはそれで恥ずかしくなった。

「いやいやっぱ何でもな」

「早乙女は嫌いだな」

「そうなのっ？」

回答が衝撃《しょうげき》的すぎてつい笑ってしまった。口元を押さえて堪《こら》えようとするが湧《わ》きあがってきて止まらない。

「Qも嫌いだ。生意気すぎる」

「ええっ、ふふ、かわいそう」

「それから、お前が好きだ」

「えっ……」

びっくりして振り返った。口元に当てていた手を摑まれて引き寄せられた。気づいたときには青灰色の瞳《ひとみ》が目の前にあって、最初に鼻先がぶつかった。

悠臣が少し首を傾《かたむ》けて。

数秒、唇《くちびる》と唇とが重なった。

心臓が頭の中に移動したのかと思うほどに大音量で脈打っていた。もはや自分の鼓動《こどう》しか聞こえず、感じるものは悠臣から伝わる体温だけ。世界には、今、自分と悠臣しか存在しない気になった。

今までされてきた、手や耳に触《ふ》れるだけのくすぐったいそれとは明らかに違う、しっかりとした感触《かんしょく》が依都から抵抗《ていこう》する力を奪《うば》った。

足を払《はら》われて、依都は海へと落下した。

条件反射で受け身を取って、船に仰向《あおむ》けに寝転《ねころ》んだまま入り口に立ってこちらを見おろす悠臣を呆然《ぼうぜん》と眺《なが》めた。

波に煽《あお》られて船の上で身体《からだ》が跳《は》ねて。ようやく正気へと戻る。

「ちょ、ちょっとっ！　わたしじゃなかったら死んでますよっ」

「美緒のところに行けるよう、船や鉄道のチケットは柏木に用意させている。陸に戻ったら受けとるように」

悠臣がナイフでロープを切った。早乙女がエンジンをかけると船が動きだす。

「嘘でしょ、ちょっと、待っ……」

抗議の声をあげたが船は止まらなかった。

悠臣はしばらくこちらを見ていたが、結局踵《きびす》を返して船の奥へと姿を消した。

「嘘でしょ……」

呆然と呟《つぶや》いた依都の声は、船の速度で後方へと流されてしまって、誰《だれ》の耳にも届かなかった。


切り捨てるのが得策だったのに、何をやっているんだ俺は。

二層デッキへと続く階段をのぼりながら悠臣は内心で毒づいた。ミイラ取りがミイラになるというのはこういうことか？　身代わりに死んでもらおうと思っていたのに、それを守って自分の身を危険に晒《さら》すとは。いつから俺はそんな腑《ふ》抜《ぬ》けになったんだ。

十年前に故郷がいきなり戦場になって、家も家族も失って戦争ばかりがうまくなって。約束通りに多くの人間が助かる道だけを選択《せんたく》していたら鬼《おに》だの夜叉《やしゃ》だのと呼ばれるようになって。気づけばスパイなんてものになっていたけれど、まさか嫁《よめ》を殺せという命令まで快諾《かいだく》するなんて。いつの間に俺はそんな無情な人間になっていたんだろう……と情に厚すぎる忍《しの》びという生き物を見ているうちに思ってしまって、その結果がこのざまだ。

……笑いたきゃ笑え。悪いがもう、ヒーローごっこには飽《あ》きたんだ。

天を仰《あお》いで、そこから監視《かんし》しているであろう妹に向けて疲《つか》れたように言ってみた。

「最期くらい、好きなものを好きなように守らせてくれ」

最初はただの好奇心《こうきしん》だった。感情をはっきりと示す生き物が珍《めずら》しくて、ついつい目で追っていた。百面相で跳ねっ返りで、よほど平和呆《ぼ》けした人生だったのだろうと思いきや、自分と同じくあまり愉快《ゆかい》ではない生《お》い立ちを抱《かか》えていて。それでも歪《ゆが》まず、燻《くすぶ》らず。しっかりと強い芯《しん》を持ち、高潔で。

憧《あこが》れた。彼女のように生きられたらどれほどいいだろうかと思った。

だから……死なせたくないと思ってしまった。

利用しようと、好きだの愛してるだのと囁《ささや》いているうちに、本気になってしまったのはどうやらこちらだったらしい。

「今さら過去は変えられないしな……」

「だから自分が死ぬってのか？　殺してきた人間への懺悔《ざんげ》のつもり？」

懐《ふところ》から拳銃《けんじゅう》を取りだしつつ、二層デッキの外通路にでたところでお目当ての人物とでくわした。

トウヤが忍刀をこちらに向けてにやりと笑った。

「依都のことも逃《に》がしちゃってさあ。ヒーロー気取り？」

「逆だよ。ヒーローは今日限りで引退だ」

トウヤを倒《たお》して、自分《スパイ》が金庫を爆破《ばくは》する。そうすれば鷹英の命令《オーダー》は少なくとも達成できる。

もう十分、世界のために尽《つ》くした。彼女を死なせるくらいなら、もう終わりにしてもきっと妹は許してくれる。最期の相手として、この男なら不足はない。

悠臣は対峙《たいじ》するトウヤをまっすぐに睨《にら》んで。

「ベルナールがお前らと繋《つな》がりがあるとはな。裏で世界中の戦争を引き起こしているテロ組織〈動物園《ティアガルデン》〉のエージェント、黒羊《くろひつじ》」

「ふうん。僕のこと知ってるんだ？」

「まあな。で、ティアガルデンはベルナールを使って何をする気だ」

「彼女は戦争の火種。うまく育てて新時代の人柱にするんだ」

「人柱？」

「戦争を起こすための人柱さ。戦争はいいよね。害悪がたくさん死んで世代交代が起きる。世界の新陳代謝《しんちんたいしゃ》に不可欠だ。彼女にはいろんなところで情報を売ってもらって、最高の戦争を生んでもらいたいんだよね」

「……やっぱり、お前らがこの国を蹂躙《じゅうりん》するのだけは見過ごせない。さっさとお前を倒してアンプルも破壊《はかい》する」

「威勢《いせい》がよくて大いに結構。ちなみにあんたがあのNNだったら僕の名もあがるし一石二鳥なんだけど。名刺《めいし》とか持ってないの？」

「あいにく持ちあわせがない。地獄《じごく》で渡《わた》すよ」

「寝言《ねごと》は寝て言えよ、情報局の駒風情《こまふぜい》が」

トウヤが地面を蹴《け》った。

その初速は悠臣でも一瞬《いっしゅん》見失うほどだった。もはやどんな凄腕《すごうで》銃士でも、引き金を引くより先に斬《き》り伏《ふ》せられてしまう距離《きょり》にいる。たまらず悠臣は拳銃を投げ捨て、バックステップを刻みながらベルトのバックルに仕込んでいた隠《かく》しナイフを抜《ぬ》き放った。

きぃんっ……。

打ち据《す》えられた二本の刃《やいば》が甲高《かんだか》い不協和音を響《ひび》かせる。

「貰《もら》った」

ぶんっ、と空気が振動《しんどう》し、トウヤの姿が二重三重にぶれて。

なんだこれ、分身か？　――気づいたときには背後を取られていた。悠臣が大きく目を瞠《みは》る。かろうじて捉《とら》えた残像になんとか反応。振《ふ》り向きざまにナイフを構えるが、

「遅《おそ》いよ」

近代兵器に頼《たよ》ってこなかった忍《しの》びの、極限まで高めた俊敏性《しゅんびん》。その斬撃《ざんげき》を悠臣は避《よ》けきれなかったから。

「ざまあな――」

トウヤの一撃が肩《かた》に突《つ》き刺《さ》さった瞬間、その首へと右腕《みぎうで》を回して。

ポケットに隠し持っていた口紅型拳銃を左手に構え、トウヤの胸に押し当てると引き金を引いた。

長身は数度床《ゆか》を跳ね、そのまま手すりを乗り越《こ》えると海に落ちていった。

「痛《つ》っ……」

肩のあたりが生温かく濡《ぬ》れていくのを感じた。出血の速度からして大きめの血管が傷ついているとわかったが、そんなことは別にどうでもよかった。ただ、このままでは目立ちすぎるのが気がかりだった。

「今の音は――」

駆《か》け寄ってきた紳士が悠臣の姿を視認《しにん》する前に昏倒《こんとう》した。気を失った若い男を見おろして、ちょうどいいと悠臣は独りごちる。

この男のシャツを拝借しよう。幸い、上着についた血は黒色に紛れてわからない。

一瞬のうちに止血と着替えを済ませると、ふらりと悠臣は立ちあがった。

「金庫……」

大丈夫《だいじょうぶ》。そこにたどり着くくらいの血液量はある。

肩を押さえながらも若干《じゃっかん》貧血でふらついて。それでも悠臣は歩きだした。最期《さいご》の場所へと向けて。


用意された船は小型のわりに速度が速く、いつの間にか〝プリンセス・ベルナール号〟は豆粒《まめつぶ》ほどの大きさになっている。これもQの発明品だろうか。船にはちゃっかりと依都の鞄《かばん》も積まれており、その周到《しゅうとう》さが余計に依都をいらつかせた。

ぎりりと奥歯を嚙《か》みしめて、依都は船尾《せんび》で操縦する早乙女を振り返った。

「ちょっと！　戻《もど》りなさいよ！」

「わかってあげてよ。隊長の気持ち」

「はあっ？」

「初めから毒花ちゃんを死なせる気なんてさらさらなかったんだよ。この船がその証拠《しょうこ》」

死なせる気がなかった？　そんなわけがない。だって悠臣は依都に言ったのだ。

〝だが勘違《かんちが》いはするなよ。お前は人質《ひとじち》であり、有栖川美緒の身代わりとして俺に嫁《とつ》ぐだけ

だ。そのためお前に対しての愛情はないし、荷物になった途端《とたん》に切り捨てる〃

依都が早乙女を人質にして、悠臣を脅迫《きょうはく》した日のことだった。

自分を買ってまでやり遂《と》げたい〃命の使い道〃を持つ悠臣に興味がでて、依都の〃命の使い道〃も定まったあの日。悠臣は確かに言ったのだ。

「嘘《うそ》だ、だって切り捨てるって」

それを承知のうえで結んだ契約《けいやく》である。二人を繋ぐのはそういう命を賭《か》けた絆《きずな》であり、それだけが自分たちの関係を特別なものにしているはずで。

「ほんと、素直《すなお》じゃないよね」

依都の考えを見透《みす》かしたように、早乙女は少し呆《あき》れた口調で……呆れてはいるけれども、どこか子どもの意地っ張りを愛《いと》おしむような話しぶりで、言葉を続けた。

「君に〃大義のために死ね〃という命令《オーダー》が下ったあと、隊長は俺にこっそりと指示をだしたんだよ。この船を用意して待機してろって。どうしてものときは俺が責任を取るって言ってね。あれは……そう。君が初めてのお使いをした翌日だったかなあ」

初めてのお使い……百貨店に行った日のことだろうか。だとすれば余計にわからない。だってあの日は、悠臣の決意に突き動かされ、あなたのために命を賭けると再び誓《ちか》った日ではないか。

「わからない……だって悠臣様にはやることがいっぱいあるのに。合理主義のスパイがそんな馬鹿《ばか》な選択《せんたく》をするはずが――」

「でも愛って、そういうものじゃん？」

「あ、愛っ？」

臭《くさ》すぎる台詞《せりふ》に思わず声がうわずった。しかし早乙女はいつもと変わらず飄々《ひょうひょう》とした態度でけらけらと笑って、

「理屈《りくつ》なんて全部すっ飛ばして、相手のためにとびきりの馬鹿をやっちゃうのが愛でしょ」

「なに、それ」

頭の先からつま先まで、雷《かみなり》が一気に貫《つらぬ》いたような衝撃《しょうげき》を受けた。呆然《ぼうぜん》とする依都に向けて、早乙女がここぞとばかりに畳《たた》みかける。

「毒花ちゃんだってそうじゃん。相手のために命を賭けちゃうなんて、すっごい馬鹿だよ。自覚ある？」

「馬鹿っ？」

「馬鹿も大馬鹿、単細胞《たんさいぼう》で野猿《のざる》で鳩《はと》な、思考力ゼロの大間抜《おおまぬ》けだよ」

ひどい言い草だった。むっとして、しかし早乙女の言葉が頭から離《はな》れない。

つまり人を愛するということは、馬鹿になるということか？　では絶賛大馬鹿者呼ばわりされている依都は何なのか。そしてこんな大馬鹿をしでかしている悠臣は――？

〝お前が好きだ〟

脳裏《のうり》で悠臣の声が再生されて、身体《からだ》が熱くなるのを今さら感じた。血が灼熱《しゃくねつ》になり、それが頭にのぼってくるので思考が茹《ゆ》だる。まともに頭が働かず……制御《せいぎょ》できずに目頭《めがしら》へと熱が移った。

百歩譲《ゆず》ってそれが悠臣の本心だったとして、なら何故《なぜ》、また依都のことを置いていこうとするのか。俺は死なないと言ったことを忘れたのか。

〝いくな……〟

そこでふと、悠臣がうなされていたことを思いだした。

あのとき、寝《ね》ぼけて銃《じゅう》を突きつけたのは職業病だと思っていた。

しかしもしかすると、悠臣は恐《おそ》れていたのかもしれない。生物兵器の破壊《はかい》には成功するけれども、依都が犠牲《ぎせい》になり自分は置いていかれる未来を。ドレスを茶化《ちゃか》したのは、その動揺《どうよう》をごまかすためで。

スパイは命を賭けないのではなく、死ぬことすら許されないのではないか——そんな考えが頭をよぎった。

薄情者《はくじょう》、臆病者《おくびょう》だと思っていたが、実は真逆だったのではないか。

世間はそういった超人《ちょうじん》に当然のように守られて、のうのうと安寧《あんねい》を生きているが。

では――果たして、その超人の心配は誰《だれ》がするのだろう。誰が守ってあげるのだろう。

〝主君を守って死ぬ〟という言葉は聞こえはいいがそれはただの逃げではないのか――。

ぽろ……と一粒、涙《なみだ》が頬《ほお》を伝って。

自分が置いていかれる側になってようやく、依都は自分の間違《まちが》いを知った。

気づいてしまった。本当に主君を思うのなら、最大の忠義は主君のために死ぬことではなくて。

「戻って」

「はい？」

「船に戻ってと言っているの」

「いやだから、隊長の気持ちもわかって――」

瞬間《しゅんかん》、依都はクナイの切っ先を自分の首へとあてがった。

「わあっ」

叫《さけ》ぶ早乙女。ぷつりと皮膚《ひふ》を穿《うが》つ感触《かんしょく》があった。

「わたしが死んだら、悠臣様が許さないわよ」

「っ……」

「死なれたくなかったらさっさと戻って！　わたしったら本当に馬鹿よね。新婚《しんこん》旅行なのに主人を置いて来ちゃったんだから！」

馬鹿でいい。間違いに気づいたまま大切な人を失うくらいなら、いくらでも馬鹿になってやる。

だって愛って、そういうものなんでしょう？

早乙女を鋭《するど》く睨《にら》みつける。ぴりりと張り詰《つ》めた空気に早乙女が息を呑《の》んで。

「ほんっと似たもの同士の意地っ張りなんだから。どうしてあれでお互《たが》いに勘違いし続けられるわけ？　契約結婚って言葉がフィルターにでもなっちゃってるの？」

がっくりとうなだれて小声でぼやいてから。

「面舵《おもかじ》いっぱーい。針路、隊長のところまで。よーそろぉ」

投げやり気味に言い捨てて、舵輪《だりん》を右へと思いきり切った。

べちゃり。水に濡《ぬ》れた手が手すりの向こう、海側から現れて上端《じょうたん》を摑《つか》んだ。ちょうど通りかかった紳士《しんし》が「ひっ……」と声をあげた瞬間、ぬうっと飛びだしてきた長身がその首をひねる。紳士はまるで人形のように力を失い、膝《ひざ》から崩《くず》れ落ちた。

全身がずぶ濡れになり、そのうえ腹からは赤い水をしたたらせながら。

トウヤはよじ登るのに使った鉤縄《かぎなわ》をたぐり寄せると、紳士に巻きつけて錘《おもり》とし海へと放《ほう》り込んだ。

懐《ふところ》から硝子《ガラス》の小瓶《こびん》を取りだして栓《せん》を抜くと、中に入っていた灰色の液体を一気に飲み干す。空になった瓶はその辺へと投げ捨てて、口の端《はし》を手の甲《こう》で拭《ぬぐ》い。

「はる、おみ……」

落ちていた悠臣の銃を拾いあげると、トウヤはゆらゆらと歩きだした。


「ワルツか……」

一層デッキから流れはじめたウィンナーワルツの調べを聞きながら、悠臣は金庫の前に座り込んでいた。思ったよりも出血量が多くて、もう立ちあがるのも億劫《おっくう》だったが。腕《うで》を伸《の》ばせばダイヤルには手が届きそうだった。

0から99までの数字が刻まれたダイヤルだった。四つの数字を入力すると開閉する仕組みだが、もはや悠臣には関係がない。

備えつけられているのは解錠難易度《かいじょう》が世界一といわれる錠である。悠臣にかかれば何度か試行錯誤《さくご》を繰《く》り返すことで解錠できる代物《しろもの》だったが、今回はそれを許さないように一度でも間違うと爆発《ばくはつ》する仕掛《しか》けになっている。放置すればいつかベルナールたちが解錠してしまうかもしれないし、だからこそ悠臣たちには選択肢《せんたくし》が二つしかない。

解錠か、爆破か。

おそらく悠臣の身体は肉片《にくへん》も残らない。目撃者であるトウヤもいない今、ベルナールたちの目には東堂園美緒が暗証番号を間違えて死んだように映るだろう。

「……ワルツか」

目を伏《ふ》せた。最期《さいご》に見るのは、嫁《よめ》の百面相な顔がいい。

夜会の夜、ワルツを踊《おど》りながら耳まで真っ赤にしていた嫁。

ちんどん屋を見て興奮して、子どものようにはしゃいでいた嫁。

黒引きを着て〝あなた以外の色には染まらない〟と誓《ちか》ったときの凛《りん》とした嫁……あれには正直、どきりとした。

(だが……俺はやはり、あの着物がいい)

悠臣は初日に見た、輿入《こしい》れの着物を思いだしていた。

月下で舞《ま》う曼珠沙華《まんじゅしゃげ》の赤い着物は、一瞬にして悠臣の目を奪《うば》った。

今の彼女があれをもう一度着たら、さぞかし綺麗《きれい》だろうな……。

その姿を思い浮《う》かべ、ダイヤルに手を伸ばした瞬間。

『ざざっ……冗談《じょうだん》……ないわ。鼠《ねずみ》が……るなんて』

ポケットに忍《しの》ばせていた通信機から声が聞こえた。盗聴器《とうちょうき》が拾った音だがこれは嫁に仕掛けたほうではない。先ほど潜入《せんにゅう》した阿片窟《あへんくつ》に隠《かく》したほうだ。顧客《こきゃく》は全員眠《ねむ》らせたのに声が聞こえるということは新たな来訪者だろうか？

感度をあげる。ぶつ切れだった声が明確になった。

『こうなったら逃《に》げるしかないわね。救命ボートを用意なさい』

『でもレディ・ベルナールは目をつけられているんですよね？　逃げる意味あるんですか？』

『こういうときのための情報じゃない。価値のあるネタを持っていれば匿《かくま》ってくれる組織なんて山ほどあるわ』

「なっ……」

声はベルナールと先ほど話した女のものだ。嫁のもとへと急ぐあまりに隠蔽《いんぺい》が雑になっていたのか、阿片窟を捜索《そうさく》したことがばれたらしい。

いくらなんでもたるみすぎだぞと自分自身に怒《いか》りを覚えるが、今はそれを悔《く》いている場合ではない。最悪ベルナールが逃げても構わないが、機密情報が流出するのだけは避《さ》けなければ。アンプルを始末できてもこの国が破綻《はたん》してしまっては意味がない。

「あいつを拘束《こうそく》してからだな、アンプルを始末するのは」

船に閉じ込めておけば陸につき次第《しだい》早乙女たちがなんとかしてくれる。本当は泳がせてこの航海中にも動きを見せて欲しかったが、贅沢《ぜいたく》は言っていられないだろう。

苦々しく吐《は》き捨てて悠臣は立ちあがった。

「悠臣っ……！」

戸口のほうからかすれた声が飛んできたのはそのときだった。

ぬらりと姿を現したずぶ濡れのトウヤは、悠臣のことを視認《しにん》するなりにやりと嗤《わら》い。突如《とつじょ》ぞっとするような殺気を帯びて銃《じゅう》を構えた。七発の弾丸《だんがん》が続けざまに撃《う》ち込まれ、飛び退《の》いてそれを避けたときには銃を捨てたトウヤが猪突猛進《ちょとつもうしん》に迫《せま》っている。あまりの気迫《きはく》に悠臣は目を瞠《みは》って。

(なんか……おかしいぞっ)

反応が一拍遅《いっぱくおく》れてしまった。トウヤはそれを見逃《みのが》すような男ではない。

腰《こし》に下げていた忍刀を引き抜くと全体重を上乗せして振《ふ》りおろした。悠臣は抜いたナイフで難なく受けるが、ひょろりとしたトウヤの見た目に反して、その威力《いりょく》はまったくかわいげがなかった。

空中を舞うように、トウヤが連続で斬撃《ざんげき》を叩《たた》き込んでくる。重たすぎる一撃に肩《かた》の傷がぱっくりと開いて、徐々《じょじょ》に受けきれなくなっていく。

しかし悠臣ははたと気づいた。トウヤもまた、斬撃のたびに腹の出血が増しているのだ。下手《へた》をしたらその量は悠臣よりも多かったが、トウヤの攻撃《こうげき》はむしろ加速する一方である。過興奮薬投与《ドーピング》か？　新型阿片を開発していたベルナールなら作っていてもおかしくはない。

人間離《ばな》れした決死の動きは、もともと身体能力の高い忍びの肉体を化け物じみたものへと変えていた。

「戦争は……世界を変えるんだ」

口の端から血を流し、それでも攻撃の手を休めずにトウヤが叫《さけ》ぶ。

「そうじゃなかったら、全部奪われた僕たちが浮かばれないだろうがっ……！」

そうして、悠臣のナイフが真っ二つに折れた。振りあげられた忍刀が、悠臣の頭上に必死の影《かげ》を色濃《いろこ》く落とす。

死が、迫る。

「……」

もう、いいよな……。

妹と村人、どちらを生かすかで選択を迫られた。妹は自分が死ぬと言った。〝行って、お兄ちゃん。ヒーローになって〟――妹が叫ぶ声を背中に聞いて置き去りにした。

あの日からがむしゃらに敵を倒《たお》した。ともに戦った仲間はみんな死んでいった。ときには自ら見殺しにした。それでも殺して。一人になっても殺して。

思考は単純だった。多数決をして、より多く生き残るほうを選択して残りを殺す。その選択をするために自分はもちろん死ねなかったし、戦場で立っているのは自分だけで、足もとに転がるのが敵なのか味方なのかもうわからなかった。しかし戦場をでれば自分が選んだ大多数が日常を続けていて、これでいいんだと頭を切り替《か》えた。

そうしているうちに、これは罰《ばつ》なのだと理解した。世界平和なんて大それた夢を見た自分に対しての。

しかし妹を切り捨てた手前、途中《とちゅう》でやめるわけにもいかず。だから甘んじて受け入れて。

そこで眩《まばゆ》い依都にあてられた。そしてもう一度、誰《だれ》かと生きる夢を見て――。

悔いはない。願わくは、依都もその夢を正しく終わらせてくれますように。

自分のように無謀《むぼう》な夢を描《えが》き続けませんように。

この死をもって、身命を賭《と》すなんていう夢から、現実に帰ってきますように……。

「さよならだ」

心の内に願いながら、悠臣は袖《そで》に隠していた特殊《とくしゅ》液体入りのアンプルを砕《くだ》く。

嫁とまったく同じ発想だったことを少しだけ笑ってしまった。Q特製の爆弾糸で仕立てたスーツ。死ぬならせめて、最期に依都に残せるものを。トウヤを巻き込んで自爆して、彼女のこれからに燻《くすぶ》る暗雲を吹《ふ》き飛ばす――。

視界の片隅《かたすみ》で何かが閃《ひらめ》いたのは、そのときだった。

赤い、曼珠沙華の花を思わせる小さな影だった。

トウヤの横っ腹に回し蹴《げ》りが突《つ》き刺《さ》さり、鉄球ほどの重量を持って側壁《そくへき》へと叩きつけた。

放射状に広がった亀裂《きれつ》からは漆喰《しっくい》がぱらぱらと剝《は》がれ落ち。

「わ、たしの……」

悠臣の前に仁王《におう》立ちした華奢《きゃしゃ》な少女が、壁《かべ》にできたクレーターめがけて大声をあげた。

「わたしの旦那《だんな》様に何してくれてるのよ、このあんぽんたんっ……！」

トウヤを凌駕《りょうが》する勢いで怒りに満ち満ちた鬼嫁《おによめ》は、悠臣の手を引っ摑《つか》むなり、

「戦略的撤退《てったい》なり！」

潔《いさぎよ》く言い放って、悠臣を立たせると走りだした。


デジャブだ……。

つい先ほど、まったく逆の配役で同じことをしたような気がして、依都はなんだか面白《おもしろ》くない。自分の間違《まちが》いをまざまざと突きつけられているような気がする。

ぶすっと拗《す》ねながら廊下《ろうか》を走り続けていると、背後から悠臣の声がした。

「なんで戻《もど》ってきた」

感情を消して、一切《いっさい》を依都に読み取らせまいとするいつもの声だった。

「なんでって、主《あるじ》のピンチに駆《か》けつけるのが臣下の務めで」

反論しようとするが悠臣はそんな暇《ひま》を与《あた》えずに、

「黙《だま》れこの大馬鹿者《おおばかもの》の単細胞《たんさいぼう》。俺がどんな思いでお前を手放したと思ってる。こっちは長年こじらせてきたあれそれを全部捨てて命令《オーダー》にまで背《そむ》いたっていうのに……」

ぼやく声はだんだんと尻《しり》すぼみになり、パーティーから響《ひび》く喧噪《けんそう》が大きくなれば音に紛《まぎ》れてもう聞き取れなかった。ただ繋《つな》いでいる手が力強く握《にぎ》り返され、悠臣の熱が少しずつ依都に流れてきて。

生きている人間の体温だと思ったら、それだけでもう依都には十分だった。

立ち止まって振り返ると、悠臣が怪訝《けげん》な顔をこちらに向けた。

「何だ」

「わたしの祖父は忍《しの》びの心得として、いつも〝命の使い道〟を説きました。両親は死ぬ前日、わたしに〝武士道とは死ぬことと見つけたり。主のための死は誉《ほま》れだ〟と言いました」

「……理解できんな」

「できなくていいです」

答えると、悠臣の顔がより一層怪訝に歪《ゆが》んだ。

それも当然である。忍びの本懐《ほんかい》を否定されるたびに、問答無用で噛《か》みついていたのは依都である。なのに急に手のひらを返せば不審《ふしん》に思われても仕方がなかった。

向けられた視線に一瞬怯《いっしゅんひる》みそうになって、しかしここで逃《に》げたらなんのために戻ってきたのだと自分を叱責《しっせき》した。

勇気をだせ。大切な物を勘違《かんちが》いで失う以上に、恐《おそ》ろしいことなんてないはずだ。

「わたしは死ねません。死を誉れとは、思えません。だってそれでは、主君を独りぼっちにしてしまうと気づいたから」

言い切ると悠臣はさらに眉根《まゆね》を寄せた。

「独りぼっち？　俺がか？」

「そうです。わたしが死んでしまったら、主君を一人敵陣《てきじん》に置き去りにすることになる。だから、そんなことはできない。生きて、最後まで主君とともにあることこそ、本物の忠義だと気づいたのです」

もちろん自分の覚悟《かくご》を話しているつもりだったが、言い募《つの》るにつれ、言葉に少しだけ諭《さと》すような……いや、責める気持ちを込めた。この合理主義男に〝忠義〟という言葉を使ったところで、また単細胞と馬鹿にされるだけかもしれないけれど。

「わたしが間違っていました。認めます。だから……悠臣様も間違わないで。臣下を置き去りにする主なんて、わたしは絶対に許しません。地獄《じごく》の底までだって追いかけて、こんこんと説教をしてやります」

悠臣の反応が怖《こわ》かった。渾身《こんしん》の誓《ちか》いをひっくり返して、責められるかもしれなかった。俺のために命を使えないやつは用なしだと、突き放されるかもしれなかった。

それでも悠臣を睨《にら》んでやった。自分のことを馬鹿だと言ってのけるこの大馬鹿者に、間違いを認めさせたくて。……伝わって欲しくて。

唇《くちびる》を引き結んで断罪のときを待つと、聞こえてきたのはかすかな笑い声だった。

「地獄に行くのは俺一人でいい」

ぽんと頭に手が置かれ、くしゃりと乱暴に撫《な》でられた。

不思議なことに、その乱暴な仕草は依都の気持ちをとても温かいものにした。それこそ、唇があわさったときと同じくらいに。温かくて苦しくて、満たされた気持ち。この不思議な気持ちの名前を依都はまだ知らなかったが……嫌《きら》いではなかった。

しかしだんだんと照れくさくなってきて、咳払《せきばら》いをして気持ちを現実へと引き戻した。

「それにしても、悠臣様まで親父《おやじ》ギャググッズを使うだなんて」

「悪かったな……で、金庫はひとまず置いておくとして、どうやってあのトウヤを倒す?」

撫でまわすのをやめて悠臣が廊下の先へと視線を投げた。そろそろ追いついてきてもおかしくない頃《ころ》だ。

「それには考えがあります。誰かさんのおかげで十分に考える時間がありましたから」

「まあまあ。トウヤ打倒《だとう》の秘策……それはずばり、親父ギャグにあります」

「嫌《いや》みか」

「……どういうことだ？」

「いいですか、作戦はこうです――」

めいっぱいに背伸《せの》びをして、悠臣の耳に口を寄せた。身長が足りなかった。悠臣が気づいて少し屈《かが》んだ。

「……成る程《ほど》、それならいけるかもしれん」

「じゃあ今度こそ」

言いつつ依都は腰《こし》から下げた忍刀に触《ふ》れた。大きさのせいで鞄《かばん》に入れたままだったのを、どうせ正体もばれたのだからと戻るついでに持ってきたのだ。

よしと小さく頷《うなず》いて、敵襲《てきしゅう》に備えようとして、

「って、ああっ、わかっちゃったかもっ」

閃いて思わず、依都は大きな声をあげた。

「何だ、騒々《そうぞう》しい」

「暗証番号！　ヒントは美緒様が誕生日に貰《もら》った鞠《まり》にあったんですよ！」

「あの誕生日カードか」

盗聴器《とうちょうき》で会話を聞いていたらしい悠臣が訊《たず》ねた。

依都は頷いて人差し指を立ててみせる。

「鞠ア・ベルナール！」

「……本当にそれが答えなのか」

ものすっごくうろんげな視線を向けられたが、悪いのは依都ではなく高柳である。

「間違いないです。だって伯父《おじ》様は大の親父ギャグ好きでしたから」

うんざりしつつも言い切ると、ひとまず悠臣は納得《なっとく》したようだった。

「だとしても、それだと四つの数字はどうなる？」

「おそらくあのときに教わった手鞠歌に数字が隠《かく》されているはずです。このあいだ千華子さんに指摘《してき》されたんですけど、歌詞が間違っていましたから」

「歌詞が？」

「安珍《あんちん》、熊姫《くまひめ》ってわたしは習ったんですけど」

「清姫、の間違いか」

悠臣が即答《そくとう》する。

「そうです。あのとき伯父様は熊姫のことを〝この世で最も恐ろしい人〟だと言いました。だからここが暗証番号に繋がっていると思うんですけど……」

依都がこの歌を習ったのは八年前だ。ベルナールは十年前から高柳を従えていたと言っていたので時期もあう。

「でも暗証番号って数字四つなんですよね？　だったら違うのかも」

早とちりかと言葉を濁《にご》したが、悠臣は少し考えて「いや……」と口を挟《はさ》んだ。

「イートォ……」

呂律《ろれつ》の回っていない舌っ足らずな口調で依都の名を呼びながら、廊下の端《はし》にトウヤが姿を現した。こちらの姿を認めるなり指を差し、正気とは思えない大仰《おおぎょう》さで笑う。

「あはははっ、血だらけじゃないか悠臣。そろそろ死ぬんじゃないかあっ？」

いつの間にか悠臣の足もとに血だまりができていた。びっくりして依都は目を瞠《みは》る。いつ怪我《けが》をしたのか。少なくとも依都が駆《か》けつけてからは何もされていないはずだ。

「俺は死なない」

「言うは易《やす》しっていうけどさあ。嫁《よめ》が来て強気になっちゃった？　無駄《むだ》だよ。依都だって僕には敵《かな》わないんだから」

この出血量ではトウヤが強気にでるのも納得できる。短時間でここまで出血したとなると、かなり大きな血管が傷ついているはずだ。

悠臣をあまり動かすべきではない。依都は忍刀を構えるとトウヤに飛びかかった。

袈裟《けさ》切りに振《ふ》りおろすがやはりトウヤはお見通しとばかりに刀で防ぎ、ほぼ同時に悠臣めがけて棒手裏剣《ぼうしゅりけん》を投じた。

視認《しにん》できる速度ではなかった。失血死寸前の悠臣は動けない。

「なっ……」

悠臣が依都の襟首《えりくび》を摑《つか》んで引き寄せた。自らの盾《たて》に依都を使って。

棒手裏剣が突《つ》き刺《さ》さる——四本すべて、丸太へ、正確に。

身代わりの術、依都が最も得意とするものだ。

「今だっ」

悠臣の声。トウヤが背後を振り返る。

錯覚《さっかく》を利用して依都はその背後を取っていた。

今度こそっ……依都は忍刀を振りおろす。

「無駄だったら」

しかしトウヤは難なく防ぎ——悔《くや》しくて依都は渾身の力を忍刀に込めた。

ぱきんっ。

トウヤの忍刀が真っ二つに折れ。

そのままトウヤを突き刺そうとする依都。トウヤはひらりと躱《かわ》して距離《きょり》を取り、

「あは、あはははっ。やってくれたねえ、依都ぉ」

折れた忍刀を丸太の中心に突き刺して、何がおかしいのか、トウヤが激しく笑いだした。

ひとしきり笑ってからおもむろにぬらりと立ちあがり、

「あーびっくりした。本当に主君のために死ぬのかと思った」

骨の髄《ずい》まで一瞬《いっしゅん》のうちに凍《こお》らせるような、ひどく冷たい声音《こわね》で言った。落ちくぼんだ双《そう》眸《ぼう》がじとりと依都を睨みつけ。

「シノビノホンカイなんて今時流行《はや》らないよ、依都」

「……あなたが言ったんじゃない。わたしの得意技《わざ》は身代わりだって」

言いつつちらりと悠臣を窺《うかが》い……出血のせいでもう立っていることもままならないのか、片膝《かたひざ》を突いてぐったりとしている。トウヤも気づいてにたりと嗤《わら》い。

「そうだったねえ、でもさ」

トウヤの姿が一瞬消え、

「たとえ身代わりの術があったとしても、嫁のことを盾に使う男のどこがいいの？」

次に姿を現したときには、依都の眼前に迫《せま》っていた。

「うぐっ」

渾身《こんしん》の力で握《にぎ》っていた忍刀を、トウヤはまるで赤子から積み木を奪《うば》うようにしてたやすくもぎ取った。

しかし依都だってただではやられない。懐《ふところ》に潜《もぐ》り込んで拳《こぶし》を二発、蹴《け》りを三発。依都の二倍はある体重をものともせずに空中へと蹴りあげて。

一時《いっとき》大人しく吹《ふ》き飛ばされたトウヤだったが、しかし空中で体勢を立て直すと綺《き》麗《れい》に着地。

「武器をへし折って勝った気になった？　できる忍《しの》びは現地調達も基本だよ」

依都の忍刀をひらひらと振って不敵に笑う。

「さよならだ」

トウヤが床《ゆか》を蹴った。風さながらの速度で悠臣に迫る。

咄嗟《とっさ》に依都は駆けだした。

「はるおみさまっ」

めいっぱいに手を伸《の》ばし——悠臣もその意図をくんだ。手を引き寄せて盾にして。

「また嫁を盾にっ」

かまわず忍刀を突きだしたトウヤ。

刹那《せつな》、目を瞠る。

依都が丸太にはならなかったから。

正真正銘《しょうしんしょうめい》、依都本人がトウヤと悠臣のあいだに入り、忍刀の切っ先を胸の中心で受け止めていた。深々と突き刺さった忍刀を、トウヤは呆然《ぼうぜん》と見おろして。

「馬鹿《ばか》、な。嫁を、本当に殺して——」

驚愕《きょうがく》するトウヤに、依都はそのまま抱《だ》きついた。

これではさらに深く刺さってしまう。振りほどこうとするトウヤ。しかし依都は離《はな》れなかった。

「なん」

トウヤの言葉が中途半端《ちゅうとはんぱ》なところで止まった。ゆっくりと肩越《ご》しに振り返り。

知らぬ間に背後に回っていた悠臣が、トウヤの背にナイフを突き刺していた。

依都の胸からは一滴《ひとしずく》の血すら流れていない。忍刀が心臓に突き刺さっているはずなのに、トウヤを拘束《こうそく》する力は一向に緩《ゆる》まない。

「で……生きて……」

死なない依都に向かって、トウヤが驚愕して呟《つぶや》いた。

依都はドレスの胸元《むなもと》をわずかにさげると、傷がないことをトウヤに見せて。

「びっくり忍刀。刺さると刃《やいば》が引っ込む優《すぐ》れもの。わたしのために開発されたスパイグッズよ」

「は？　すぱい、ぐっず？」

「敵から奪取《だっしゅ》した武器は使う前に点検を。近代兵器を扱《あつか》うスパイには基本だ、単細胞《たんさいぼう》」

悠臣がトウヤの耳元で言い捨てて、さらに深くナイフを刺した。

「嫁の肌《はだ》を見た罰《ばつ》だ」

それは依都が勝手にやったことでありトウヤには理不尽極《りふじんきわ》まりない理由だったのだが。

悠臣が激怒《げきど》していたので依都は口を挟むのをやめた。

がくんとトウヤが膝から崩《くず》れ落ちる。床に転がって、赤い血だまりを生みながら。

トウヤはまるで信じられないものでも見たかのように、もう光が消えた目を瞠って。

「う、そだ、僕は……まだ……」

それ以上の言葉はなかった。

二層デッキの廊下《ろうか》には再び静寂《せいじゃく》が訪《おとず》れた。ぺたんとへたり込んで、依都は改めてトウヤを眺《なが》めた。

もう一人の忍びの末裔《まつえい》は、そうして最期《さいご》、燃え尽《つ》きて消えた。


「うう、人前で肌を晒《さら》してしまった……。もうお嫁に行けません……」

「俺のもとに来ただろう、一応」

特等船室に忍び込む道すがら、冷静になった途端《とたん》に押し寄せてきた羞恥心《しゅうちしん》のせいで嘆《なげ》いていると、どこか聞き覚えのある答えが返ってきた。その契約《けいやく》は先ほど船から落とされた時点で終わったんじゃなかったかなぁと思ったが、ちょっとずるをして黙《だま》っておくことにした。

特等船室には誰《だれ》もいなかった。

あれほどの戦闘《せんとう》があっても乗客はパーティーに夢中なようで、まるで夢だったのではないかと思えてくる。

隣《となり》に並ぶ悠臣をこっそりと仰《あお》ぎ見た。出血は本当だったのだが、あの青ざめっぷりは演技だったらしく今はけろっとしている。……いや、もしかしてけろっとしているほうが演技だろうか。

ひとまず応急処置はしたのだが、陸にあがったらすぐに医者に診《み》せなければ。

依都としては、怪我《けが》以外にも心配を抱《かか》えているのである。

トウヤとの戦闘後、その身体《からだ》を抱えて悠臣はどこかに消えてしまい——。

そして戻《もど》ってきたときには一人だった。何をしたのか気になったが「慣れている。気にするな」と依都の頭をわしゃわしゃと撫《な》でると特等船室へと歩きだしてしまい、結局依都はあえて訊《き》かない選択《せんたく》をした。

慣れているのかもしれないが、やはり精神的にも心配なのだ。

「何だ？」

依都の視線に気がついた悠臣がこちらを見た。ぱっと目をそらして部屋の奥にあるダイヤルつきのドアを指差す。

「残す問題は〝くまひめ〟をどう数字にするかですね」

「それはもうわかっている」

「えっ、いつの間に」

さらりと言って悠臣はポケットから手帳を取りだし、

「平仮名《ひらがな》は全部で四十八文字ある。それにいろは順で数字をふれば……」

手帳に〝くまひめ〟の四文字を書き込むと、その横に数字を添《そ》えていく。手のひらを返して依都に見せた。

く　28
ま　30
ひ　44
め　40

依都と悠臣はしばらく見つめあい、小さく頷《うなず》きあうとドアの前に並んで立った。

「答えが間違《まちが》っていればどかんなわけだが……どうする、やっぱりお前だけでも逃《に》げるか」

「ご冗談《じょうだん》を」

今さらそんな選択肢《せんたくし》はない。隣に立つ悠臣の左手にこつんと右手をぶつけると、その左手が動いて依都の手を握りしめた。

悠臣がダイヤルを摘《つ》まんで、一つずつ数字をあわせていく。

28……

30……

44……

40

かちり。

乾《かわ》いた音がした。爆発音《ばくはつ》ではなかった。悠臣がドアレバーをさげて押し込むと、重苦しい扉《とびら》がゆっくりと開いて。

正しいことをしているのに、なんだか悪いことをしているような気になった。

これは世界平和のかかった任務であり、浮《う》かれるなんて言語道断だと頭ではわかっているのだが……。

しかし高鳴る鼓動《こどう》を抑《おさ》えきれなくて、どきどきしながら悠臣の背中越しに金庫の中を覗《のぞ》き込んだ。

そこにはいくつかの文書が無造作に投げ込まれており――。

「あった……」

「みたいだな」

その一番奥まったところに、木箱に収められたアンプルがひっそりと眠《ねむ》っていた。

添えられた紙には『美緒・依都へ』と題してただ一言、

〝今回のギャグはいけてただろう？〟

と書かれていた。懐《なつ》かしい高柳の字に、依都は呆《あき》れて笑って少しだけ泣いた。

「冗談じゃない、わたしは逃げるわよ」

マリア・ベルナールは救命ボートの上で苦々しく吐《は》き捨てて、夜の海を眺めていた。遠くのほうには街の明かりが見えている。ボートで行けない距離《きょり》ではないはずだ。

「レディ・ベルナール。これからわたしたち、どうなるんです？」

「うるさいわね！　陸につけばなんとかなるわよ。黙って漕《こ》ぎなさい！」

「はいっ」

後部座席でオールを漕ぐ女が泣き言を言う。怒鳴《どな》りつけて黙らせて、ベルナールは奥歯を噛《か》みしめた。

大丈夫《だいじょうぶ》、持ちだせるだけの情報は持ってきた。屋敷《やしき》に待機している人間と連絡《れんらく》を取り、さっさとこの国から出国する。そうすれば必ずや再起できるはず……。

「れ、でぃ……べるなーる」

「だから何よっ」

「動くな」

後頭部にごつりとした感触があたってベルナールは息を呑《の》んだ。

（ここは海の上よ、どうやって……！）

波の音と、おそらく男からしたたり落ちているであろう水滴《すいてき》の音以外は何も聞こえなかった。闇《やみ》に呑み込まれたような感覚を覚えて、ベルナールは恐怖《きょうふ》に居すくんだ。

「あなた、誰」

かろうじて声を絞《しぼ》りだす。男はにべもなく一蹴《いっしゅう》した。

「訊いても仕方がないだろう」

足もとに何かが投げだされた。それは持ちだしきれなくて処分したはずの機密文書や写真、阿片窟《あへんくつ》の運営報告書……ベルナールがしてきた悪行の証拠《しょうこ》だった。

これが流出したら自分は終わる。

「スパイはばれた瞬間《しゅんかん》から無価値になる。どうすればいいかわかるよな？」

かちりと安全装置の外れる音がして、もう息すらもできなくなった。

「この件に二度と関《かか》わるな。そして二度とこの国に足を踏《ふ》み入れるな。次にお前を見かけたら問答無用で殺す。飼い主にもそう伝えろ」

ぱあんっ。

銃声《じゅうせい》が闇夜に響《ひび》く。腰《こし》が抜《ぬ》けてベルナールは座席から転がり落ちた。反響《はんきょう》する音がやんだときには男の姿はすでになく、自分が持ちだしたはずの機密情報も見あたらなかった。

残されたものはといえば、どこからか常に視線を感じる、ねっとりとまとわりつくような闇だけだった。

Extra Mission 嫁入り？

のどかな陽《ひ》だまりが差し込む、午後の一番眠たい時間帯。縁側《えんがわ》では一匹《ぴき》の猫《ねこ》がひなたぼっこをしており心地《ここち》よさそうな寝顔《ねがお》を浮かべている。猫から少し視線をずらせば、庭に植えられている銀杏《いちょう》の木が目に入った。たった二日ほど家をあけただけだったが、あらかたの葉が落ちてさもしい感じになっている。こんなに短時間でみすぼらしくなるものだろうか？　そういえば先日はすごい強風が吹《ふ》いていたっけ。少し寂《さび》しく思ったが、よくよく見れば何枚かの葉はかろうじて踏ん張っていたのでほっとした……のもつかの間。吹き抜けた風がそんな葉も悪戯《いたずら》にくすぐって、結局はそれもはらりと散った。

「――で」

きた。現実逃避《とうひ》をするように庭を眺《なが》めていた依都は、その冷ややかな声で呼び戻された。文机《ふづくえ》に向かって報告書をしたためていた悠臣が、こめかみに青筋を浮かべて肩越《かたご》しに振《ふ》り返った。

依都は背筋をぴんと伸《の》ばして、しかし視線だけは逃げ腰になって、悠臣の喉仏《のどぼとけ》あたりを無意味に眺める。ゆっくりと上下したのを確認《かくにん》すると、依都は身を硬《かた》くして追撃《ついげき》に備えた。

「何故《なぜ》まだこの屋敷にいる？」

「あはは……」

「笑ってごまかすな」

この状況《じょうきょう》で笑う以外の選択肢があるのか。反論したくなったがややこしくなりそうだったので口をつぐんだ。

目の前には異国行きのチケットと、必要なものが過不足なく詰《つ》められたトランク……先日の船上パーティーで悠臣が言っていた〝新婚《しんこん》旅行先〟行きの旅支度《じたく》が、完璧《かんぺき》な状態で揃《そろ》っている。

服装は向こうでも浮かないようにワンピース。悠臣が指示をだして、先ほど柏木によって強引《ごういん》に着替《きが》えさせられた。

つまり今日、今すぐ、絶対に、でていけという意思表示である。

「何か足りないものがあったか？　船のチケットはあっただろう？　鉄道だって現地につけば向こうの知りあいがチケットを渡《わた》すことになっている。着替えが足りないか？　食料か？　美緒に土産《みやげ》を持っていきたいのなら用意してやるから入り用のものを紙に書け」

「悠臣様」

「は？」

「……が、足りない、です」

だって〝新婚旅行〟なんでしょう？

続きは何故だか口にだせず、精一杯《せいいっぱい》に不足品だけを告げてみる。畳《たたみ》に視線を落としたま
ま、首をすくめて反応を窺《うかが》っていると、大きな溜《た》め息が前方で響いた。

ずりっと音がした。悠臣が正座をしたままこちらに向きを変えたのだとわかった。

「俺と行っても楽しくないだろう」

「でしょうね。笑わないし、すぐにからかうし、厭世家《えんせいか》で何事にも興味を示さないし」

「……お前、本当に俺と行く気があるのか」

「でも、そういう馬鹿《ばか》なことをするのが、夫婦《ふうふ》、じゃないんですか」

「あのなあ」

「契約《けいやく》の一方的な破棄《はき》は違法《いほう》ですよ！」

「そもそもが違法の契約に何を言っているんだ」

埒《らち》があかない。たまらず依都は意を決し、

「好きって、言ったじゃないですかっ。あれは嘘《うそ》なんですかっ」

「……夜叉《やしゃ》に好かれても迷惑《めいわく》だろう」

「はぐらかさないでっ」

渾身《こんしん》の問いもひらりと躱《かわ》され、さすがに依都は顔をあげた――が、

「じゃあお前は何故ここに残ろうとする？　お前こそずっとはぐらかしているだろう」

「そ、れはっ」

一番指摘《してき》されたくなかったことを真正面から訊《たず》ねられ、依都は口ごもった。

「わたしは、いいんですよ」

「どういう理屈《りくつ》だそれは」

冷たく言い放ち、悠臣が目を伏《ふ》した。長い睫毛《まつげ》から覗《のぞ》くその瞳《ひとみ》は相も変わらず感情を映さず、氷のように冷たく澄《す》み切っている。不純物を一切含《いっさいふく》まないその氷塊《ひょうかい》が、逆にすべてを拒《こば》むように冷酷《れいこく》さを加速させている。

しかし依都はもう知っている。その瞳の奥に、本当は青く燃える炎《ほのお》があることを。世界の平和を願い、すべてを犠牲《ぎせい》にしてでも燃やし続ける、冷たくて優《やさ》しい決意の炎が。

燃え盛《さか》る炎を内包する絶対零度《れいど》の氷塊は、そのバランスを崩《くず》せばすぐさまお互《たが》いを蒸発させて跡形《あとかた》もなく消し去ってしまうのだろう。船上パーティーで垣間見《かいまみ》せたようにそのうちに燃え尽《つ》きて、いとも簡単にこの世から消えてしまうのだろう。

……愛とか恋《こい》とか、そういったものは依都にはまだよくわからなかったけれども。

しかし一つだけはっきりと言えることは、この人にそんな悲しい結末を迎《むか》えさせたくないということだ。

そのためには自分だって、少しくらいは役に立つ……と思いたい。

「お買い得です、わたし」

頭の中で十浮《う》かんでいた言葉は一もでてこなかった。むしろ致命的《ちめいてき》なことを言ってしまった気がする。反応が怖《こわ》くて再び視線を畳へと落とすと、悠臣は深い溜め息を一つつき。

「ここにいると危ないんだが……言うことを聞くようなたまではないか」

と小さくぼやいてから。

「依都」

「あ……」

初めて自分の名前を悠臣が呼んだ。思わず顔をあげてしまうと、悠臣がしたり顔で笑っている。まんまと策にはまったらしい。依都は内心で苦虫を嚙《か》み潰《つぶ》した。

「ここにいるつもりなら、覚悟《かくご》はできているんだろうな？」

悠臣が問う。その顔は無表情に戻《もど》っていてずるいと思った。このスパイはいつだって、依都に感情を曝《さら》けださせるくせに自分ばっかり隠《かく》している。

覚悟って、どの程度の覚悟があればいい？　単細胞《たんさいぼう》だの猿《さる》だの鳩《はと》だのと、笑われてもめげない程度？　それとも主君のために身命を賭《と》し――一生隣《となり》で生き続ける程度？

ぐるぐると思考が駆《か》け巡《めぐ》り、熱くなった血にのぼせて思考がぼうっとしはじめた。

しかし、そんな覚悟でいいならば。

もうとっくのとうにできている。

「もちろん、です」

答えた瞬間《しゅんかん》、悠臣が意外そうな顔をした。数秒目を瞠《みは》って依都を見たあと、口の端《はし》に薄《うす》い笑《え》みを浮かべて。

一歩近づく。

なんだか、いつもの笑い方と違《ちが》う？

途端《とたん》に覚悟が薄らいだ。

もしかして……こちらが想像している覚悟と、悠臣が思っている覚悟とは違うのかも。

気づいたときにはもう遅《おそ》い。じりじりと後ろに追い詰められて、どん、と背中が何かにぶつかった。付書院だった。悠臣は依都の身体《からだ》をひょいっと持ちあげ出窓部分に座らせると、覆《おお》い被《かぶ》さるようにして身を乗りだし。

「あの、悠臣様？」

視界いっぱいに悠臣が映る。

八方塞《はっぽうふさ》がり。逃《に》げられない。

依都を見下ろす青灰色の瞳と視線がぶつかった。思わず息を呑《の》まされるほどに美しいその眼差《まなざ》しは、今、依都だけを見ている。

「俺が怖いか」

既視感《きしかん》が脳を支配する。

あのときは答えられなかったけれど、今ならその問いに答えられそうだった。

「はい、とても」

回答は夜叉のお気に召《め》したらしい。

にやりとほくそ笑んだ悠臣の顔が、依都が最後に見た景色だった。

唇《くちびる》が重なる。

何秒、何分経《た》ったか。もしかしたら本当は一瞬かも。心地《ここち》のよい酸欠が思考力を奪《うば》い、ぼんやりと、ただ、悠臣を思う。巡る熱が冷たい悠臣を温める気がした。

こういうのも悪くないのかもしれない。この合理主義でいけすかないスパイという生き物は存外に不器用らしいから。自分の熱で絶対零度の氷塊をゆっくりと溶《と》かして、青い炎だけを燃え尽きる前に取りだしてあげよう。

そんなことを、薄れゆく思考の中で最後に決意した。

本当に、なんて世話が焼ける主君だか。

あとがき

ひねくれ者で生きることに価値を見いだしていない男が、少女との出会いをきっかけにもう一度前を向くお話が大好きです。

初めまして英《はなぶさ》志雨《しゆう》と申します。この度は本作をお読みいただき、誠にありがとうございました。読み終わったあと、悠臣《はるおみ》と同じように少しでも「自分もあと一日くらい頑張ろうかな」と思えるようなお話になっていればと思います（物理強い女の子に導かれたい欲求）。

改めまして、この場を借りて皆様への謝辞を送らせてください。

まず、数ある作品の中から本作を選んでくださった伊藤《いとう》たつき先生、並びに三川《みかわ》みり先生、誠にありがとうございました。また素敵なイラストを描いてくださった漣《さざなみ》ミサ様にも本当に感謝しております。

そして最後に、ご尽力くださった編集部の皆様、担当の林様、いつも一緒に馬鹿をやってくれる創作仲間たち……何より本作をお手に取ってくださった皆様に心からの感謝を。

願わくは、またお会いできますように。つよつよ女の子を書き続けてまいります！

英　志雨

「身代わり花嫁は命を賭して　主君に捧ぐ忍びの花」の感想をお寄せください。
おたよりのあて先
〒102-8177　東京都千代田区富士見2-13-3
株式会社KADOKAWA　角川ビーンズ文庫編集部気付
「英　志雨」先生・「漣　ミサ」先生
また、編集部へのご意見ご希望は、同じ住所で「ビーンズ文庫編集部」
までお寄せください。

身代《みが》わり花嫁《はなよめ》は命《いのち》を賭《と》して

主君《しゅくん》に捧《ささ》ぐ忍《しの》びの花《はな》

英《はなぶさ》　志雨《しゅう》

角川ビーンズ文庫　23930

令和5年12月1日　初版発行

発行者――――山下直久
発　行――――株式会社KADOKAWA
〒102-8177　東京都千代田区富士見2-13-3
電話 0570-002-301（ナビダイヤル）
印刷所――――株式会社暁印刷
製本所――――本間製本株式会社
装幀者――――micro fish

ISBN978-4-04-114422-0 C0193 定価はカバーに表示してあります。　◇◇◇